再談《墨趣集》

孫如陵

《墨趣集》，三民書局有意重版翻印，徵詢我的意見，我當然巴不得；同時，要我說幾句話，我也是推辭不得的。

因為重版，我有機會再讀《墨趣集》。幾十年前的舊作，雖是出於我自己這枝筆，由於時間老人的捉弄，內容說些什麼，全都忘了，讀來如對新作，自己變成了一個讀者，倒能站在比較客觀的立場，還她一個本來面目。

我的作品，從發表那天起，我都剪貼起來，一讀再讀，不放鬆一個字，甚至不放鬆一個標點。有的段落，我讀得久了，自然成誦，背得一字不差。文是句構成的，句是字組成的，而字與字、句與句之間的相互連繫，則有待氣運乎其中，才能一貫，氣更貴能造成氣勢，行乎其所不得不行，止乎其所不得不止，像行雲一樣生動，像流水一樣活潑，讀起來琅琅上口，順口成溜，則行文雖不到家，離題當亦不遠了。

《墨趣集》之所重，在一「趣」字，而「趣」很難說出一個所以然。有人問我，「知識分子」與「讀書人」有何不同？我說，知識分子有知識，讀書人有學問。譬如燒炭，炭是知識，炭所放出的光和熱，是智慧，有本領能把知識變成智慧，才是學問。所以說，知識是智慧的原料，智慧是知識的成品，而學問呢？卻是呂純陽那個點石成金的指頭。

我是一個趣人，知趣，喜歡說笑，吹牛不打草稿。每逢三五好友打堆，話匣子一打開，天南地北，說得沒完沒了，由半夜鬧到天亮不嫌長。但我吹牛，並無師承，而受胡嘉椿先生的影響最大。

抗戰那年，我有機緣和貴州同鄉胡嘉椿先生一家同車，黃昏時分，火車快到長沙了，敵機突然來襲。車停在郊野，夜幕低垂，一片漆黑，陰森森地，寂靜得好不怕人！悶坐車廂內，又飢又渴，萬般無奈，恨死了日本人。怨憤聲中，忽聽見胡先生說張大千鬍子的笑話，繼而他又說他自己的笑話，全車的人，聽入了神，著了迷，都忘了飢渴，忘了恐懼。胡先生說，他姓胡，太太姓胡，那年在北平結婚，雙方家長姓胡，加上胡適先生證婚，於是胡適先生說：「今天，我們『五胡亂華』，真夠亂，也真夠熱鬧了！」嘉椿先生的語音剛落，引起全車的歡呼，而忘了自身在苦難之中！

劉真先生主持政大教育研究所期間，邀請我去演講，大約我講得還算不錯，又邀我講第二回。一位韓國女生問我：「孫先生，你的口才這樣好，是怎樣訓練的？」

我說：「這要感謝日本人！」

於是我對這位韓國留學生講了我自己的故事。

我讀大學那幾年，日本飛機常來空襲重慶。每次敵機來襲，我都和二、三同學，躲進防空洞。洞中空氣不流通，等到桐油燈都燈乾油盡時，一洞黝黑，悶得心口發緊發慌。這樣的黑暗世界，除了瞎說八道而外，還有什麼好辦法排遣呢？於是粗的細的，生的熟的，雅的俗的，說得的說不得的，都不忌生冷，全抖出來破除沉寂，只聽得四周暗處，不斷傳來咕咕的笑聲。到得警報解除，大家走出洞口，這才發現我的聽眾，有教授，有教授夫人，還有他們的公子小姐，使我想起剛才說的話，有些地方實在過火，不免令人臉紅。儘管如此，我充分享受了言論自由，日本飛機炸了我四年，我也瞎說了四年——四年，修一個博士學位都夠了，何況訓練兩片薄薄的嘴唇皮呢？

九十三年十二月十三日

自序

今晨在曉光初動中，將《墨趣集》的校樣看完，等於溫讀十年來的舊作。往事如煙，得此機會，都一一回到記憶中來，反芻一次，意味正自不同。

《墨趣集》所輯印的作品，都是中央副刊的專欄所曾發表過的。這些年來，除了寫專欄填空白之外，幾乎沒有寫任何作品，所以只能拿出這樣的東西來，為三民文庫盡一沙一石之力。不過，同是專欄，亦稍有變異。在民國五十年八月以前寫的，我是一個純粹的作者；以後寫的，則於作者之外，加上了編者的身分，職責在身，念茲在茲，就不免說些與編務有關的話。以編者的身分寫作，作品有被動性，因為新聞記者，與時偕行，逐物推移，彼響此應，總後一著，雖云見子打子，而確有所見者，殆近於零，更與所謂靈感無關。

好嘲弄者，每對現實只看好笑的一面。習之既久，不僅在好玩的地方看得出樂子，即在比較正式的場合，在場者懾於當時的情勢，都戴上無形的面具，鐵青著臉，僵直著手，木立著人，死死板板，了無生氣，我也覺得有趣。為了趣味，我覺得「語言乏味」與「面目可憎」都是令人不快的。倘「面目可憎」是天生的，無可改變，倒還罷了；不似語言乏味，可以改善而不改善，不止不休，以語言虐待讀者，實在罪過。我不喜歡閱讀乏味的作品，我更不該以乏味的作品予人，自討沒趣，所以我所追求的人生是一個有趣的人生。作品為人生的反映，我的作品遂有若干趣味的成分。《墨趣集》雖有趣而未必雋永，今竟腆然居之，則別有緣故。為書取名，殆與為子命名相同。師堯師舜，成樑成棟，皆為父母希望之所寄托；及長，學問事功，悉如父母之所期許者，固不乏人，大部分卻都落空了。我的《墨趣集》，也只望它有「趣」，至於是真有「趣」或者假有「趣」，那有待讀者的品評，只當是一份試卷，向典試委員呈閱，好歹一個字都不敢說。

五十八年八月二十四日

編按：本書原編入「三民文庫」，因舊版開本，字體較小，茲值再版之際，特予重新編排，納入「三民叢刊」。

墨趣集

目次

3 目次

幽默和認真

幽默大師林語堂先生，飛香港之前，說了兩句臨別贈言：「文章可幽默，做事須認真。」他的話說得好像很矛盾，實則含有至理。

對於幽默這個名詞，因為它是英文 Humour 一字的音譯，也連帶有些義譯的意味，從林先生辦《論語》倡導時起，由於《論語》的風行，這個混血兒也流行了三十年，現已家喻戶曉了。但都是隨著各人的性分，各自體會了一些。於是見仁見智，解釋殊不一致，一般人對之，大概是如此：不加解釋，似乎還懂得，一落言詮，就有不知所云之感。

有些語詞，像霧籠芍藥，要朦朧才好玩，才耐人尋味，「幽默」就是這樣的。因此，如果有人追究「幽默」的根源，要為它下一個周延的定義，違離了本旨，便不幽默了。「只可意會，不可言傳」，用在「幽默」的領悟上，也許是恰當的。

林先生在電視上，引用張敞畫眉的故事，作為實例，說明幽默是怎麼一回事。漢朝的京兆尹張敞，在閨房裡為他太太畫眉，事聞於宣帝，宣帝問他，有這回事沒有。他說：「臣聞閨房之內，夫婦之私，有過於畫眉者。」林先生解釋說，張敞說的是老實話，也是幽默話。他沒有搪塞，他沒有認罪，而一句話能贏得皇帝的首肯，不僅應付了當時的尷尬場面，也留下千古流傳的佳話。

張敞所言，其所以幽默而有力量，殆由於他無意中用了「推翻前提」這一手法。現在為他排列出來：

大前提：夫婦在閨房內的一切行為都是正當的；

小前提：夫為婦畫眉是正當的行為；

結論：所以畫眉不能算是罪過。

這和有人說直不疑盜嫂，直不疑說：「我乃無兄」的說法，相差不遠——「我連哥哥都沒有，哪裡會有嫂子？沒有嫂子，更何從盜嫂？」這一類的措詞，往往比詢問者所想知道的，更進一步，更深一層，出人意表，雖未作正面答覆，卻富於反擊力，令人不易招架。所以幽默之功，皆由平日凡事認真的態度中來，如果一味希圖引人發笑，與小丑無異，如何算得幽默？

五十五年二月八日

代轉信件

「人生以服務為目的」，代人轉信，無論識與不識，站在服務的立場，總宜來它一個「來者不拒」。尤其公務在身，如做編者的，身當稿件信件交匯之衝，編輯桌變為轉遞站，轉信之事已成額外的工作項目之一。

轉信有可樂，因為某人發表了一篇文章，為其久失聯絡的親友得見，特寫信來探問；信經轉去，雙方接上了線，不僅他們彼此快樂，我們似乎為公家做了一件公共關係，心裡也著實安慰。

然而，待轉的信，內容之不單純，正如各人的面貌。有的，為了一篇作品讀得過癮，來信稱讚；有的，讀得令人生厭，來信指摘。稱讚的信轉去，倒沒有什麼，指摘的信也轉去，作者可能誤會我們故意和他下不去，在我們的名下，不免連帶記一筆賬，那就有些吃不消。

介乎這二者之間的，還有一種熱情的朋友，只要看見筆名彷彿有幾分女性意味，就禁不住要寫信來致其傾慕之意，而其語意之間所透露的，殆與「司馬昭之心」，可以先後輝映。這類信件，倘一律轉去，受信人為男性，將弄得啼笑皆非；為女性，當然更為狼狽。轉信，在我們原是一番好意，不想副作用如此之大，要想藉此建立公共關係，適所以破壞公共關係，不得不視為畏途。

我們知道：凡為中華民國的國民，皆享有通信自由，所以在轉信時，我們總是原封不動地轉去。但事實教訓了我們，盲目的代轉，會發生諸多不良後果，於是，再也顧不得對於「通信自由」的尊重——你既然要我們代轉嘛，那就是信任我們此心無它，在我們這裡「過濾」一下，當亦無礙。因此，凡是要求代轉的信，只好來一個「代行拆」：當轉則轉，不當轉則不轉。服務的基本立場應該是：代人轉信可，代人受過不可！

這種痛苦的經驗，使我們聯想到託人帶東西。通常的情形，打聽得某人要去美國，便大包小包，託人家順便帶去，也不問人家是去美國什麼地方，託帶的東西要帶到什麼地方。如果人家只到西部，而東西要送到東部，是猶託去臺北的人帶東西到高雄，你說荒唐不荒唐？

五十二年元月八日

過站不停

不等公共汽車，不知車掌小姐的厲害。那些十七八大姑娘，都是文質彬彬的，守護在車後門旁，便有「一女當關，萬夫莫敵」之勢，完全換成另外一人，其中想必有個緣故。

由國民黨中央黨部第五組、立監院等單位組成的「推行便民服務工作檢查小組」，到公車處巡視以後，對他們的服務工作，指出公共汽車，未站穩時即行開車，影響行車安全，希望切實改進的，正是這一點。

公車或行或止，彷彿「權」是操在司機手裡，事實上，司機只有「能」，車掌才有「權」——司機僅聽電鈴行事，而按電鈴以決定車的行止，惟車掌能之。所以在臺北市，車掌也屬於無冕的帝王，市民們不免要看她們的顏色。

車掌在為市民服務時，未嘗不想把工作做得人人叫好，可是，臺北市的公共汽車，一直在供不應求的泥塘裡過日子，所以出起點站出發，車子過了一站又一站，乘客來了一批又一批，車掌小姐的心情，也就像六七月的寒暑表，水銀柱往上直升。到了車內無一寸隙地時，迫不得已，便拿出「過站不停」的法寶出來應急。在這種情形下，乘客稍有疏忽，忘了拉鈴，即須享受免費乘車的優待，再隨車幌蕩一段，然後下車走回頭路；至於那些立在站上等車的男女老少，遇著「過站不停」的車子，怨的是自己運氣不好，不敢分派車掌小姐的不是！

「過站不停」，固然為市民服務有所不周，而車上人擠，無法插足，仍能邀候車者的諒解。最令人不解的，倒是車裡人影寥落，亦不肯停。原來車掌的眼睛也是長在額角上的，只往前看，並無「眼觀四方」之能，這就容易發生失著。原來她們是立在車尾一角，而右側車窗既小，視野不廣，從車後追趕上來的乘客，她們是看不見的。往往氣急敗壞地奔來，趕到車邊，正見門合，正聞鈴響，撲了一空。如果車掌小姐們，當初接受訓練時，除了一個「快」字訣，再加一個「耐」字訣，只消有半秒鐘的忍耐之功，即有立地而成萬家生佛之望。

改善公車服務，根本之圖，在增加車輛。在供不應求之下，叫那些大姑娘做磨心，左右為難，只怕有失公平吧？

五十五年二月十日

休息五天

沾春節的光，「中副」休息五天，假期苦短，今天恢復原狀。

記者生活，提前一天過日子，所以我們休息五天，規定的是由初一到初五，而真正不上班的日子，是由三十夜到年初四。事實如何呢？除夕和初一的下午，我還是看了一些稿件——作者投稿，既有不因過年而停筆者，編者閱稿，只有來者不拒。工作，做一件，少一件，反正要做，與其拖到最後的時刻趕工，不如從容處理，以免忙中出錯。要新年過得快樂，也惟有圖個吉利，大家顯得光彩。

「中副」自擴版後，四年半以來，除了春節休息五天，沒有一天間斷。記得有一回，因為放榜，篇幅不夠分配，要用「中副」的版面，節省紙張，社方決定把「中副」停了，最後還是幡然改圖，使「中副」繼續維持其天天見報的新作風。從此以後，再沒有聽見過類似的消息，遂不復存休息之想。

春節期間，副刊隨百業一同休息，有人不甚同意，所持的理由是：讀者在家裡過年，有錢有閒，正需要怡情悅性，副刊不出，殊非明智之舉。而且，報紙的版面緊縮，採取精編主義，可看的新聞不多，所造成的空檔，有待副刊來填補。這種言論是有理論根據的，因此，每屆年關前夕，就注意到稿源。雖說三十、初一，來稿未嘗中斷，但數量僅當平日的十分之一，難以維持水準於不墜，倘新年期間，勉強發稿，使讀者倒盡味口，也是副刊的損失。

事有進一步做以待成，退一步想以求當者，副刊是也。編副刊，發稿為經常的工作，比較容易措手，而開闢稿源，擬定辦法，把作者讀者心中的寶藏，挖掘出來，另造一個新天地，那就非用心思不可。副刊編輯上的用心思，相當於兵法上的「廟算」，此於成敗利鈍，所關實大。所以辦副刊，最當手實心虛——手實，才有可觀的內容；心虛，才有嶄新的局面。副刊貴有變化，倘發稿僅以填版為務，一成不變，必為時代所遺棄。

休息五天，使我們有機會想到所從事的工作，而加以檢討，得失繫心，或將有助於未來的開展，祈姑待之！

五十五年元月二十六日

三十夜

除夕，俗稱「三十夜」，只有一半真理。因為要逢臘月大，才名副其實，如果臘月小，像今年，逕以「二十九」為「三十」，豈非誤拉牛來當馬騎？不過，不必認真，過年嘛！

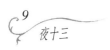

過年，用一個「忙」字即可概括一切勝景。四川人有一個言子，叫做「痲子打呵欠──全面總動員（圓）」。中國人過年，真是全面總動員，不僅全國都動員了，而且每個人的身心都動員了。即使實行軍國民主義的國家，在存亡絕續的關頭，傾國力，保國運，在總動員令下，也沒有這樣徹底。我們正為過年而在動員之中，對於這種實情，自己就可作證。

三十夜在過年的一長串節目中，所以顯得重要，乃由於它立在一個承上啟下的關鍵位置。一年三百六十五天，一天一天過去了，到了最後一天，該作一次總結算──檢討過去，計劃將來。歡樂與否，取決於整個一年，是否順遂。而亂世多離人，臨到三十夜，忙著過年，忙到有了眉目的時候，靜下心來一想，真能享受過年之樂的，不過是那些少不更事的孩子而已。離亂中人，感觸最多，感情最弱，過年的心情，是極其複雜的。

照舊習慣，三十夜要守歲。所謂守歲，便是眼睜睜熬一個通宵。原來的取義，究竟何在，姑不置論，我想，真能終夜不寐的人，一種是耽於快樂的，由於興奮過度，而了無睡意；一種是心別有所屬的人，在「每逢佳節倍思親」的傳統下，東想想，西想想，自然不能入夢，所以率性來守個歲，當做煙幕，把這種氣氛沖淡，使年過得像樣些。

不管怎樣，三十夜是可愛的，正如星期六度週末一樣，正享受著六天的辛勞換來的悠閒，而大好辰光，還在明天，希望無窮，逸興遄飛，顯得逍遙自在。兒童更有可樂，從三十夜起，壓歲錢會滾滾而來，糖果到處都是，有新衣穿，有鞭炮放，萬一犯了過失，新正期間，保險不致受責罵，玩起來最能盡興。雖然如此，也還有人怕過三十夜，譬如欠債的人到了這天，料定債主要上門催索，說些不乾不淨的話，以遠走高飛為上。只要躲過三十這道難關，債又有一年好拖了，三十不如初一者在此，大家還是珍惜初一吧。

五十五年元月十九日

得意鏡頭

本報第四版，近來採用「得意鏡頭」。藝術味和人情味，都在一個「鏡頭」中表現出來，使人見之，亦覺「得意」。

玩照相機的人，愈來愈多，殆由於照相技術，趨於簡便，照相器材，較前便宜使然。技術簡便，容易學習，而器材便宜，大家也才玩得起。玩的人普遍了，大家搶鏡頭，自然有得意的作品出現。

有些鏡頭，是機會造成的。曾見一本外國雜誌上的幾個鏡頭，是許多人擠在鐵架做成的看臺上看競賽，因為觀眾的人數過多，看臺不勝重荷，終於解體。正當搖搖欲墜、千鈞一髮的時候，為臺下一位攝影者獵得。這幕悲劇的鏡頭，稍縱即逝，若非事有湊巧，萬難辦到。當年美軍在一個島上，進攻日軍，方激戰時，五個美國兵士豎起他們的星條旗，那旗桿的斜度，那五個人同心合力的姿態，俱臻上乘，也是事有湊巧造成的，竟能馳名世界。

在一次攝影展覽中，主題為飛禽，其中一幅，是兩隻飛鳥在空中打架，張翅伸爪互撲，恰巧以西沉的失了光輝的太陽為背景，黑白分明，頗饒詩情畫意。叩之攝影者，始知他在新竹鄉間，守候了一整天，臨近黃昏，始遇此鏡頭。所謂「文章本天成，妙手偶得之」，與此實相類似。我甚愛此幅，便要一張放大的，歸來裝進鏡框，掛於壁間，隨時欣賞這幀得過日本獎品的佳作。

照相，普通的鏡頭，可以隨意安排，只須攝取而已；得意的鏡頭，完全和打獵一樣，毫無把握，那就要靠運氣和毅力了。

有人說，攝影憑恃機械，沾不上藝術的邊。實則照相機乃攝取鏡頭的工具，操作雖然簡便，對於光線、距離、快慢，卻有許多講究，尤其是攝影時所取的角度，非有藝術修養者莫辦。加以攝影的對象，如果是活物，不能控制，攝取時，全仗「眼明手快」，也不輸於藝術家。

「得意鏡頭」的可貴，一在其畫面之美，二在其難得，三在其為大眾的藝術。傳曰：「眾人之智，可以測天。」攝影的藝術，日漸普遍，大家的智慧，皆有表現的機會，一人攝之，萬人賞之，合乎民主時代的要求，而民主之可貴，正在人人有平等的機會，把個人的智慧表現出來。

五十五年元月五日

莎翁喜劇

莎士比亞的喜劇，《溫莎的風流婦人》，今已開始連載。此劇的經緯，梁實秋先生在〈前言〉裡有簡要的說明，讀者當已知其梗概，茲不贅述。

中央副刊用劇本，這一回並非頭一回。國劇大師齊如山先生的《征衣緣》，從前就是在本刊發表的，只因時間過久，大家淡忘了。如今舊事重提，意在申述一個意願；我們對於劇本，雖很少採用，卻一直不能忘情。良以劇本所關實大，無論從文藝、娛樂、劇運、社教著眼，都不能聽任它自生自滅。

國人震於莎氏的大名久矣，類能列舉其名劇的名目。但是，我輩之中，除了看過他的名劇，或讀過《莎氏樂府本事》之外，認真讀過其劇本者，試問有幾人？倘不曾讀全集，那麼，讀過二三本者，又有幾人？現在把《溫莎的風流婦人》刊載出來，我們每天只消抽出一點工夫，就可直接品嘗莎氏的劇本，到底是什麼滋味，同時把心靈上的空白填滿，等到讀完的時候，儘可拍著胸脯說：「我至少讀過莎士比亞了！」豈不兩全其美？

閱讀《溫莎的風流婦人》，極可能不會感到輕鬆。這是四百年前英國劇作家寫的喜劇，今天由中國人讀來，時間和空間，皆有一段距離，要用一些助力才能克服。梁先生深明此理，凡疑難所在，概加註釋。梁先生在抗戰期間，主編過中央副刊，其久為士林所傳誦的《雅舍小品》，即撰寫於其「中副」任內，又深知讀者心理，對於註解，為便於閱讀，曾經重作安排，甚具苦心。就我個人的觀感所及，認為讀這個劇本，要交迭使用求知的精神和欣賞的態度，始可敲骨吸髓，領略其滋味，與讀「中副」上任何一篇作品都不同。假如我們怕難，只消想到譯者旁徵博引，一筆一劃寫出來，用力之勤，用功之深，足以效法，就有勇氣往下讀了。

別怕難，興趣是培養成的。我們知道，中副的每一位讀者，並不以目前所常見的作品為滿足，惟有把新的門類帶進「中副」的園地，我們的視野才會擴大；也惟有大家對於新的門類，表示願意接受，我們才敢於作新的嘗試，使「中副」永遠在追求進步的軌道上運行，像行星一樣，無止無休。

五十四年十一月二十五日

父母難做

「怎樣做父母？」是一個重要的問題，卻一直少有人談過，少有人系統地談過。結婚生子，便要做父母，而為人父母到底應該如何，則當了一輩子父母，還是「由之而不知其道」，因此，對於如何做父母，人人皆在摸索之中，談不上心得，談不上心傳。

上一代的管教，大多到子女結婚為止，等到子女做了父母，仍然「手執家法將兒打」的，那該寫在墓誌裡，永遠當佳話流傳。即令像這種管教子女有心得、有成效的長者，向他虛心求教，他也未必說得出一番道理來，因而別說「父母學校」辦不起來，就開一個講習班，師資都大成問題。

偶爾發生忤逆事件，社會人士為之大駭，每嘆人心不古。實則一部《春秋》，孔子所口誅筆伐的，正是君不君，臣不臣，父不父，子不子。由此可見，從古以來，「怎樣做父母」這個問題，就苦惱著我們，直至今日，還是懸而未決。身為父母的都知道，孩子不管怎樣乖，沒有不傷腦筋的，沒有不令人氣苦的，在不乖、不聽話，以至於忤逆之間，不知有多少等級的不愉快，曾經使父母手足無措，自認低能。

子女分好壞，遂產生兩種情形：一種是有好子女的人家，縱有心得，但因避嫌，不便開口，其教子的義方乃不傳；一種是子女有問題，家醜不可外揚，則又諱莫如深，總是避開不談，或雖談而一筆帶過，不得要領。且問題既非一朝一夕所能形成，也就不是一席話所能解決，於是所謂問題，只有委之運氣。運氣好的，子女的夢醒，一切皆可一筆勾消，結果還是圓滿的。

從前的人認為，先學養而後嫁，是不合理的，在我們看來，倒是應該先學養而後嫁，「新娘學校」，便是由這個新認識產生的。新娘可有學校，父母為什麼不該有呢？做父母所遭遇的困難，是長期的，是複雜的，是個別的，是靠自己的能力，當下就要拿出辦法來的，怎能不有修養？但是，我們向誰學呢？誰有本領教人家做父母呢？同時，也可以反問一句：誰肯承認自己不配做父母，願意向人請教呢？有此兩難，問題終是問題！

五十五年十一月十六日

不怕犯錯

犯錯若是毛病，怕犯錯更是大毛病。犯錯而能改，則在錯誤日見其少中，進步將日見其多。但如果因怕犯錯而裹足不前，即無異扼殺成長的生機，是自誤也，事態的嚴重，比犯錯利害百倍！

聖賢工夫，做到「從心所欲，不踰矩」，還不能說無過無錯，只能說「過則勿憚改」。所以問題的重心，不在犯錯，而在犯了錯不要怕改正。由此觀之，犯錯非大病，文過飾非，才不可救藥。

現在流行的工作態度，有所謂「少做少錯，多做多錯，不做不錯」，實在不高明，應該改由正面積極地提出一個正確的說法：「小做小對，大做大對，不做不對」。治重病，用猛藥，還該把「不做不對」，改為「不做是罪！」

人的行為，自少至長，其發展過程，乃擺脫錯誤，趨向正確的一連串努力。錯誤總是伴隨著我們的行為以俱進的，難免不動輒得咎，使人迷惑，使人苦惱，使人喪氣。但心理學上的「試誤法」提醒了我們：我們在人生的歧途上，都像迷宮裡的青蛙，必須經歷無數次錯路，最後才找到正確的出口。以孔子之聖，也要到了七十歲，始能「從心所欲，不踰矩」，則七十以前，還不免有「踰矩」的時候，可以推知。七十歲而後知七十以前之非，我輩凡人，年不到七十，正在犯錯的中途，欲有所作為，何能希望毫無錯誤？

由於我們怕犯錯，奉「不做不錯」為座右銘，藉以「明哲保身」。每日裡兢兢業業，誠恐有失，一方面怕自己犯錯，再方面怕人家指摘自己的錯誤，對於批評，談不上氣度，別說「聞過則喜」，連承認的勇氣也沒有，遂喪失了改錯遷善的機會，一錯到底，蒙受重大損失的還是自己。接受批評，猶如銹刀承受刮磨，要去掉一層，固然甚為痛苦，但去掉一層之後，刮垢磨光，鋒利無比，也正是我們所求之不得的。

整個人生，徹頭徹尾是一個學習過程，此即「做到老，學到老」。但是我們倘真有作為，縱然有錯誤，乃至失敗，那失敗之中，只要含有成功的因素，就不是真正的失敗，而是轉弱為強的契機。把握了這點，再不怕犯錯了。

五十五年九月十七日

坐吃山空

中國煤礦開發公司前任董事長，涉嫌虛報汽車修理費，作為宴客的開支，經地檢處偵結，提起公訴。本案如何了，自有法律在，我們所欲討論的，只是宴客問題。

元宵剛在花燈火炮中度過，我們試回憶一下，過這個年，破費了多少？除應得的一個月薪水之外，還有年終獎金等，七七八八地一大堆鈔票，幾乎都消耗在辦年貨上，而所謂年貨也者，又幾乎全是吃的喝的。積一年的辛勤，好容易盼望到過年，卻只顧得一張嘴。食，居民生第一，其重要性，不可抹煞，但這種竭澤而漁的吃法，顧嘴不顧身，等而下之，概列預算之末，卻不是正常合理的現象。

油煙煤火，從廚下薰蒸出來的文化，反映在我們的社會上，便是餐廳飯館的林立，與夫小食攤的星羅棋佈。飲食業的一枝獨秀，能使我們低落的國際地位，不致一落到底，而令若干人士，把「吃中國飯」列為人生三大願望之一，所以中國廚司，集體出國，儼然菜根大使，到處受人歡迎。

實則吃的文化，有餐桌上光輝燦爛的一面，亦有廚房裡血腥油膩的一面。特因「君子遠庖廚」，適口果腹之餘，不暇細思耳。

「日圖三餐，夜圖一宿」，乃大多數中國人的人生觀，可見口腹之欲，支配著我們的行為，力量是很大的。我們的婚喪喜慶，固然要大張筵席，有所請托，有所活動，也要請客。遂令「請客」這一名詞，含義甚廣，與人聯歡，固要請客，敲人竹槓，也要請客。「請客」簡直可當一種手段運用，凡言語所不能通，情面所不能達者，佳餚美釀，皆可暢通曲達。人人皆知吃的妙用，無論公私機構，辦公共關係，莫不以請客為急務，而亦除了請客，再無公共關係之可言，馴至時間、精力、鈔票，半耗於杯盤狼藉之中，虛糜公帑，坐吃山空。總之，我們的雅集讌會，縱然不是集做拜拜、送紅包、辦外交的大成，也是一種持久的消耗，日侵月削，足以使金庫錢櫃，虛弱疲軟，到得該做正經事時，反而拿不出錢來。坐食而啟虛靡之漸，虧累隨之，實不智之甚！年前我們曾有不拜年、不送禮的約束，但未明言不請春酒，難道春酒的費用小嗎？我們曾對拜拜搖頭，難道請客不是拜拜嗎？節制食慾吧，杯盤之外，還有更大的人生！

五十四年二月十七日

誠實運動

市議員前幾天作成一個臨時動議，請市政府倡行「誠實運動」。事由廣告而起，因為廣告有的誇大，甚且有的虛偽，影響社會風氣。他們欲藉「誠實運動」，作正本清源之計。

的確，廣告的誇大與虛偽，已到了不得不設法加以矯正的地步。電影廣告，「爆滿」、「空前」等字樣，因長期使用，而失掉了刺激作用，人們對之，皆能見怪不怪。好在一場電影，即令受了廣告的宣傳，上一次當，也算不得十分嚴重，不過自認晦氣而已，倒沒有了不起的關係。成問題的，倒是醫藥廣告。

假如醫藥廣告所說的話，完全可以兌現，現有的疾病，實不足以為害人類。照它們的宣傳，無病，有藥足資預防；有病，也有藥根本治療，一若人人左券在握，皆可同登壽域。所謂「整形」外科手術，說是可把凹面變成平面，平乳變成隆乳，報上卻常登有人受害的消息，真是害人不淺！

廣告之誇大與虛偽，雖常為鐵的事實所戳穿，而仍能屹立不搖，其所憑恃的，不是廣告誇大與虛偽的本身，而是人類重視自己健康的結果。每個人都希望長壽，希望健康的願望，正和希望升官發財的願望一樣，被算命的利用上了，醫藥廣告的末技，乃能奏效。從前把「醫卜星相」連成一類，大約都和滿足人類空洞的願望，同出一轍吧？

由於廣告被誤用，每令人對廣告也生了誤解。其實廣告的公告性，具有「一體周知」的功能，對於過複雜的社會生活，幾乎是斷不可少的。長久以來，廣告因被誤用而變質，使人一聽見「廣告」二字，就聯想到它的誇大和虛偽，「廣告」遂成了撒謊的別名，使人不敢恭維。充其極，廣告上一句平淡的話，如「不必多說」、「不是宣傳」一類平實近情的語句，都包孕著濃濁的誇大意味。

誇大的話，欺騙的話，虛偽的話，都是一堆堆的糞土，無論在那裡，我們都應該執起糞耙，拿出義務勞動的那種精神，在「誠實運動」中，一舉而掃除之！我們與人相處，貴能以誠相見，以實相待，才能互助互信，同享一種美滿的生活。「誠實運動」倘真有推行之日，我們要熱烈贊助這個運動，除了淨化廣告，還要推廣到其他方面。

五十一年五月廿一日

待兒歸

有小兒小女上小學的人家，上午送上學，下午等回家，那份心力，支付殊大。

我家有兩個娃兒進小學，為貪圖來家接，又可以送回來，一直是包三輪車。這種孩子坐的三輪車，座前另有座位，可坐六人，生意如果兜攬得好，收入也很可觀。家長們為了孩子的安全，車費總是算得寬些，而幾家出錢，負擔也不算重。

前些日子，那位退役的三輪車夫病了，由一位比較年輕的來暫代。家長們以為這是輕而易舉之事，不疑有他，誰知過一道長橋，竟在下橋的時候，他把娃娃車弄翻了，六個孩子傷了五個，雖都是輕傷，卻哭是哭，叫是叫的，鬧得學校當局進退兩難──不通知家裡不好，通知家裡也不好。記得教務主任在電話裡述說這一檔子公案之後，便以埋怨的口氣說：「孩子們人小，怎麼放心讓他們坐三輪車？」他同時建議：「還是校車安全。」

改乘校車，脫離了三輪車的羈絆，孩子們才敢道出一個秘密，他們在車上頑皮不聽話，會挨揍，全車幾無一倖免。我聽了這個報告，始而驚異——三輪車夫先生拿人家的錢，還打人家的孩子，成何話說？既而沉思——他身為孩子王，倘無權威，如何能使這些小小的「衣食父母」就範，以策安全？孩子總是不免要挨打的：父母不打，教師要打；教師不打，警察要打，現在加上三輪車夫，多一道難關，如果「黃金棍下成好人」這句話是真理，下一代成功的機會比我們多，皮肉吃點苦，有什麼關係呢，正可藉此促成「望子成龍」的大願呀！

孩子們改乘校車，因為不能「補給到家」，非送往迎來不可，每天做這種日課，說不上是心驚膽戰，至少也有些擔憂受怕。時間未到心先跳，趕巧這幾天時有大雨，頂一把傘，在人家屋簷下，眼睜睜看著校車來的方向，好容易盼得一輛綠色的車來，近窗處全是亮亮的小眼睛，車剛停定，車門開處，跳出一個娃兒，一聲「阿爸」，算是了了一天心願。

對子女的教養，在今天，生活資料豐盈，養最容易，教則甚難，因為這不是鈔票所能解決的。「兒孫自有兒孫福」，一切的福祉，人佔一半，天佔一半，人事既盡，其餘不必管了。

五十六年六月五日

戒煙百日

馬克吐溫視戒煙甚易，他說：「戒煙嗎？容易容易，我已經戒過一百次了。」這是當笑話說，如果認真做，以我第二次戒煙的經驗印證，卻是很難的。

對於香煙，我從小就有好感，因見長兄們一支在手，非常神氣，所以別的大志沒有立，倒是立志要吸煙，果然完全做到了。我素性不知節制，吸煙不要緊，只恨吸得太多，往往吸到舌敝唇焦，不肯住口，弄得吃東西，一點味道都吃不出來。

在盛行煙盒時，我在盒蓋上草書八字自警：「此毒物也，爾宜少吸！」甚欲藉文字之功，稍加節制。但是，招待朋友，打開煙盒，讓人高聲朗誦，一若專為教訓朋友才題上這八字真言，很不禮貌，也很難為情，遂廢之。

我吸煙有兩樣「美德」，一不在床上吸，二不吸煙屁股——一支煙，頂多吸大半支，有人說，這是吸什麼煙？簡直是糟蹋鈔票嘛！誰說不是糟蹋鈔票呢？要不糟蹋鈔票，只有不吸！

自煙癌的關係分明以來，人言鑿鑿，煙的香味和吸的興趣，同時大減，前年我曾戒過七個月，一支都沒有抽；後因有朋友做生，壽星以「三五」饗客，知我戒煙，堅欲破戒，謂不吸一支，即不坐下來。身為客人，為主作壽，原欲盡一日之歡，那在乎此區區一支煙？遂抽之，遂恢復我不知節制的生活，遂有第二次的戒煙。

戒煙，不難在最初一二日，而難在十天半月之後。因為最初戒時，決心初下，意志堅強，易收克制之功；十日半月後，大約體內積存的尼古丁，消耗殆盡了，生理上要過一種新的生活，適應困難，所以周身感到疲輭，食慾不振，終日思睡；而且到了半夜，很想吸煙。太座知此苦衷，心倒輭了，就對我說：「既然如此，那就吃吧！」我說：「這是要緊關頭，此時不堅持，則永無戒脫時！除惡務盡，婦人之仁最誤事！」果然，過了此關，即是坦途。

迄今百日，我雖不吸煙，茶几上仍有香煙火柴，準備招待朋友。雖則我有見而心動之時，卻從未沾唇，連過「心癮」的意思都沒有。懲忿禁慾是很難的，惟有「嚴以律己」，始見功效！

五十六年元月十五日

耐性

我雖然教過書，自知不能為人師，原因不關乎道德學問，而是缺乏耐性。

無論準備演講，或者預備功課，我都寧可熬夜，多搜集一些資料，以補經驗之不足。因為三兩年難得登一次臺，對於時間的控制，毫無把握，而記性又壞，上臺以後，很可能忘記一部分，到時講不出來，臉上不光彩。還算好，由於每回都是「寬籌省用」，預備講的話，總有敷餘，下得臺來，雖有未能暢所欲言的憾意，亦深幸沒有丟人，暗自快樂。

教書有銜接性，必須循序以進，自然得慢慢的來。我因缺乏耐性，受不住學生們蝸步的牽延，有時候只顧往前講，全不顧他們是否能跟得上；尤其在學習中途，犯了錯誤，加以糾正之後，不旋踵，老病復發，心裡就忍不住光火。縱然未便怒形於色，總是不大高興。依我想，最好我希望他們學得什麼，他們立刻學得什麼。教學如果是這樣便宜，何必費十多年的時間？——這點我知道，理智是有出路的。我曾經千百回提醒自己，要耐心等待，卻要有很大的壓力，才能把心中的激動壓制下去。

一個教師，單憑「希望」學生們好，絕對不夠，教學時必須配合他們的程度，顧到他們的消化力。講的無妨多一點，乃至稍微高深一點，就像自來水公司供應水一樣，要滔滔不絕，任由用戶取給，用戶要用多少取多少，能用多少取多少，一點勉強不得。且學習過程，乃試誤過程，儘在錯了改正、改正了又錯的反反覆覆中，哪能僅憑希望，就能遂心如意？

耐性不夠，我不敢再作教學的嘗試，且這多少也是性格上的缺點，殊非年齡長大或進修有得所能奏效的。西門豹性急，常佩韋以自緩，便是他破除不了這個缺點，到發作時還是要發作，才假外物的佩帶，於必要時提醒自己，作有意識的壓制。

「江山易改，本性難移」，每個人的性格，就是個性的根源，是好是壞，與休咎禍福，多少有些關聯。缺乏耐性的，別說沒有大成就的機會，即令有，只怕也熬不住吧？

五十一年十一月二十六日

北極星玩具

玩具食科學的成果以自肥，以新奇靈巧為尚，其製造是隨著發明亦步亦趨的，足以反映時代的進程。

從前，玩具不多，孩子們胯下的坐騎，不過是一根小竹竿，而美其名曰「竹馬」，為詩人所歌頌。其他的玩具，除了泥搏的娃娃，就是木頭竹子做的幾樣粗笨的玩藝兒，實不足道。這時的玩具，大約僅得「形似」，能做到「維妙維肖」，已經了不起，至於內容，真是一包草，根本談不上。人類進入機器時代以後，玩具跟著機械化，也活動起來，叫小孩子享受更多的歡喜。現在，電氣化的玩具，已是具體而微的實物，比例悉稱，色彩鮮美，是工藝而兼美術與發明。因為動力的改進，支持的時間長久，小孩子當然越發喜歡玩玩具，成年人對此「靈物」，也不免拍手稱快，補償童年的損失。今更進入原子時代，玩具的原子化，已露端倪，且等著兒童世界的新世紀早日來臨吧。

玩具商腦筋動得太快，在美國發生了一件說小不小、說大不大的事情——一個北極星原子飛彈的潛艇玩具，因裝有「精確而有價值的資料」，俄國人只要化二元九角八分美元，就可得到價值數百萬元的資料。這無異洩露美國的國防機密，問題能說不嚴重嗎？據美國海軍中將李高佛說，准許製造北極星玩具的計劃及詳情，是由美國海軍供給一家廠商的；而雷維爾玩具公司的總經理格拉塞卻說，他們的資料「來自專業及技術刊物，製造某種武器裝備公司的新聞發佈部門及報章雜誌等」。他說：「這些資料擺在那裡，供每一個人來看的」，推脫得一乾二淨。

我們不關心他們的爭論，因為我們的興趣只在玩具洩露國防機密這一點。國防上的「機密」，就是軍事學上的「機」。照揭暄子的說法，「勢之維繫處為機，事之轉變處為機，物之緊切處為機，時之湊合處為機」，那麼，到處都是「機」，實在防不勝防，雖則小的關繫身家的禍福，大的關繫國族的興亡，一般人總是很差勁的。美國人還沒有這種痛苦的經驗，僅有少數人知道俄國人明搶暗偷的利害，在那裡苦口婆心地提醒大家的注意。

倘如說「星星之火」是機密，「燎原之勢」就是洩露機密的後果。星星之火不在人們心上，固不消說，即如李高佛中將在指摘他人洩露國防機密時，似乎也有疏忽之處，因為他在十七日發表的「聲明」中說北極星玩具「是現在服役中『北極星』潛艇的正確翻版」，證實了這個機密的價值，擴大了這個機密的傳佈，和洩露機密不是異曲同工嗎？

五十年六月二十二日

父母教育

臺中市各國民學校，將舉辦父母教育運動週，利用演說、座談、電影，使父母了解兒童心理，對子女作適當的管教，進而與學校聯繫配合，以擴大教育成果。這是一件極有意義的舉措，父母們定會欣然接受。

十年前，參加一個短期訓練。報到的第一天晚上，一位老學長感慨地說：「今天我入學，是小兒送我來的。如今世道變了，竟有兒子送老子上學的！」大家附和著他笑了一陣，覺得新鮮，也覺得夠意思。

世道的確變了，不僅子女要上學，父母也要受訓。我們雖有一句老話：「做到老，學到老；學到老，學不了」，但只當口頭禪說說，沒有認真做過，所以上了年紀的人，不是認為不必再學，就是認為學也枉然，其實這是認識不足，應該力加矯正。

人人有資格結婚，生育子女，試問誰學過如何做丈夫，做妻子，做爸爸，做媽媽呢？

在這方面，每個人都在痛苦中打滾，弄得遍體鱗傷，身心兩疲；幸而冥冥中摸索出一些頭緒來，也沒有交換、傳播，用供他人參考。我們處家庭，重家教，而所謂家教，乃是一種不成文的習慣法，誰也說不出一個所以然的道理來；而且側重在子女的義務方面；至於父母應該如何，一概略而不論。倘非有意忽視，便是認為做了父母的人，經驗、學識、能力，自然會長成。以致父母盈天下，而父母之道還是一片渺茫。

我們要承認這個事實：教科書裡教過我們如何做公民，做學生，做職員，卻沒有教我們如何做父母，今雖做了父母，對於子女，只知有養，不知有教。話又說回來，我們又拿得出什麼來教呢？臺中市的父母，在父母教育運動週中，可以學習一些做父母的道理，正是取得一把打開幸福之門的金鑰，值得慶幸！

在豐衣足食的今天，家裡的子女不太多，生活已不成問題，為父母的苦惱所在，厥為對子女的管教，感到心餘力絀，往往在不經意間，稚子幼女，已為社會的惡染所中。正本清源，半在學校，半在家庭。倘父母教育運動，能有成效，則自臺中始，必可推行於全島，而使家庭與學校之間，洋溢著一片祥和！

五十二年十月二十四日

辦事

青年暑期訓練，時間雖短，皆有裨於青年的身心，所以回到家裡，男女青年都認為這是一段有意義的生活。

為暑期活動而動員的，單說人力，就很可觀。在武的方面，因有組織、有訓練，在各就位之後，可以成套地搬出來，如臂之使手，手之使指，無論上下的貫通，左右的配合，運用自如，叫人生羨；文的方面，要有此境界，那就不大容易了。

幹文藝的朋友，寫兩筆，畫兩畫，毫無問題，但由於平日除耍筆頭之外，不親事務的居多，做起事來，就未必能想到那處、做到那裡。即令做的成績很好，卻沒有把握傳遞下去，保證來年亦能如此，或者更好。

做一件事，只要兩個人合作，就必須顧到配合的問題，而最忌諱的是各不相謀，各行其是，你出來你大，我出來我大，最易僨事。講配合，要有計劃——將人、財、時、地，支配得有條有理，使每個參加工作的人，都知道他自己什麼時間，在什麼地方，用多少錢，做什麼事；如與他人合作，更須有事先的聯絡，把各人的任務及工作項目弄清楚，著著求進展，步步求功效，最後的成功，就潛伏在這種務實的精神中。

計劃必須有所本，所以今年的經驗，到明年再做同一工作時，非常重要。因此之故，今年暑期訓練的一切資料，都有妥為整理保存的必要，倘於結束之後，切實檢討得失，將應行注意的事項，一筆一筆記入，附於資料之末，明年主其事者，將受到莫大的助益，幾乎可視為成功的左券。

這種臨時性的活動，事先既無專人負責，等到責任加身之後，請來共事的人，又生熟各半，或知其姓名而不知其能力，做起來很困難。因此有人說，做一個營、一個隊乃至一個班的主任，實不如做一個機關的主管輕鬆——後者有現成的一套，一上臺就可以發號施令，前者則大聽差一個，非有「見一個菩薩作一個揖」的態度，不能推動工作。假如再無過去的資料作依憑，真有寸步難行之苦。

五十三年八月十七日

擴大桌面

辦公桌上，每天有許多來件，等待處理。除了來稿來函而外，還有書籍雜誌；又因適在兩道年關上，更有好心的戰友，寄來新年的祝福，於是我的桌面，日見其窄，連寫信寫稿的空間，都有了問題。

稿件信件甚多，非有地方安頓不可，原有的空間不夠用，於是在桌的左端，另加一個高與桌齊的櫃子，不僅面擴大了，而且是一個「體」，容量也增大了。心想：這回該不成問題了吧！幾天下來，事實否定了這種想法。稿件信件等，仍然堆積得滿桌皆是，桌面擴大了，雜亂無章也擴大了。

桌面上的「亂」源，似乎不在桌面的大小，而在我們隨著工業的進步，使用的工具太複雜，配備往往是雙套頭的，甚至有三套頭的。例如，為防稿子散失，保留地址，一篇稿件，須用大頭針別起來；倘長稿的頁數過多，則改用迴形針。後來釘書機流行，運用上比大頭針、迴形針的效率高。三者兼具，在理論上是方便之極，實際上是麻煩之至。試想：這三樣利器，只有一樣用處，當使用其中之一時，其餘兩樣，除了徒佔空間，還有什麼好處？

文房四寶，也是新舊同列。有毛筆，就非有硯池和墨不可；有了硯池，又非有水盂不可。同理，鋼筆要喝墨水，墨水瓶不可少；閱稿講究效率，等不及墨水乾，立刻要翻一頁，吸墨紙乃成必要的工具。這樣複式的裝備，節外生枝，枝外再生旁枝，無非貪圖方便，提高效率，所使用的每一工具，各都只有一種用處，雖欲不繁，渺不可得。至此，我想起一位老資格的總編輯，他手裡經常交叉握著兩枝毛筆，一紅一黑，揮灑自如；到了要剪裁的時候，只見他伸筆到紅墨水裡飽蘸一筆，劃一直道，順手一撕，無不應手分解，連剪都可省。至今想來，還令我佩服不止！

桌面上的「亂」源找出來了，而病根還在我的習慣不良，才具不夠。倘我真能眼明手快，當機立斷，案上來件，只如行雲過太空，何至日積月累，使此玻璃板上無一片淨土？現在桌面擴大了，如果桌面擴大，紊亂隨之擴大，則與其大，實不如小，還不至暴露過甚。

五十四年元月五日

辦事的經驗

兵書裡的每一個字，如果一撇一劃都是用血寫成的，那麼，普通的辦事細則，每一步驟，每一安排，都是用汗堆成的，同樣應該重視。

兵為國之大事，用兵可以說是辦大事，所以從計劃到執行，要群策群力，流血流汗，不僅在作戰之初，即有假想的敵人，針對兩國的資源、人力、擬定種種計劃，而在事後，無論勝負，還要切實檢討其成敗得喪，以供未來的參考。

普通辦事，倘能仿照軍事辦理，得其一二，即可有成。

在種種訓練中，各營各隊各班，雖規模有大小，時間有長短，人數有多少，辦事有重輕，從籌劃到執行，所有的資料，若能完整地保存起來，以後再做，則駕輕就熟，易見功效。這是人人都見得到，卻也是會被忽略的。我相信，在青年的活動中，文的方面，固然成績卓著，武的方面，或許還要勝一籌。為什麼呢？因為軍事性的活動，納入了有組織、有計劃的常軌，譬如流水，進了灌溉系統，滔滔汨汨，只顧流就行了，而且會生出力量來。

辦事，在兩人以上，必須講配合，講聯絡，受過軍事訓練的，一切無問題，所以節制之師，常能破烏合之眾，即令人數相差甚遠，也同樣可操左券。

三年前，與幾位同業，共同擔負編纂一本年鑑，既不能發號施令，又要工作圓活進行，我們就在事前開一次會，擬定一張工作進度表，張之牆頭，作為大家共守的憲法。於是，到了某月某日，某人該做什麼事，該用多少錢，該和什麼人切取聯絡，都能一目了然；再加上隨時檢討，以補前此計劃之未周；或更為加強，力求實效。此猶一部大機器，在裝置的時候，把每一顆螺絲釘都扭緊，它不動則已，動起來還能沒有力量嗎？

這回的辦事經驗，使我深信，用工作來推動工作，包括督導在內，是最有效的方式。那張工作進度表是每一位工作者共同製訂的，大家共同遵守，無異信守自己的諾言；而在工作進展中，又能看見自己的成績，當然會步步前進，使計劃如期完成。

五十三年十一月十八日

信和寫信

信的力量，無法估計。原因在它的熱忱，具有感染性，此發彼應，激盪不已，友誼即自此中吸取養料，發榮滋長。

每個人心中都藏著許多話，倘打好腹稿，流佈紙上，在自己，有一種抑鬱得伸的暢快，在別人，亦起一種共鳴的愉慰。人類習見的痛苦，該算離愁別恨吧？一封真情自然流露的信，乃是親友確實關懷我們的明證。所以會寫信的人，無論親友離他多遠，他都不致使他們走出他的生活圈，始終保持著接觸。

我們一管在握，與年相若、智相當、情相通的朋友通信時，表白自己最為真切。如果一對情人，剛訂婚就分手，直到結婚前才又見面，這種婚姻可能是最成功的。當然這要靠他和她在分隔兩地時，魚雁互通，彼此在紙面上，表達相思之苦，傾慕之切，而效果遠勝天天見面多多。在愛情裡面，想念比見面似乎更為重要，因為「遠香近臭」，實人情之常。

寫信為一種獨白，但並非面壁虛構，又不同於幻想。人作獨白，乃真我最為躍活時的表露，寫出的字句，筆酣墨暢，情真意摯，語語皆能深入人心，感人肺腑。我們有幸讀到這種信時，往往一讀再讀，感受之餘，復繼之以深思長想，心潮的起伏，要經過好久好久才平復下來。醞釀既久，伸紙搦管，或亦能寫出同等分量的信。

上月中旬，韓國的親善郵差來到我國訪問，他所到之地，無論前線後方，都撒下親善的種子——信，試問世間還有比這更深入民間的國民外交嗎？宋潤秀帶來的信，每一封都會得到一個回聲，而在中韓的邦交上，構成強固的另一面。

近年以來，報刊上，尤其是郵政局的出版物，特別鼓勵青年少年寫信，多交筆友，範圍不以本國為限，已逐漸向世界性的通信網發展。在這面通信網上，一個筆友就是一個網眼。由於人數的增加，通信的頻繁，已使這面網更形密接。大家習慣了和陌生人通信，現在把這種能力，運用在韓國方面，自然是輕而易舉的。

通信是友誼的延伸，人情的表現，沒有別的，只要做到不間斷，就有力量。

五十一年十二月一日

別作將軍

最近艾森豪對一位中尉說：「不要想作將軍，永遠也別作將軍。」理由是：「如果你作了將軍，你只會有太多的煩惱。」

作過將軍、元帥、總統的艾森豪，現身說法，勸年輕的努科斯基中尉，別作將軍，乃經驗之談，說的當然是老實話，但在聽受的一方，究竟有幾許作用，很難判斷。身為軍人，志在殺敵報國，無論作二等兵或者統帥，都是一樣的。理論上、事實上，確是如此，而本質上，官階的大小，對個人而言，大不相同。

「飛上高枝變鳳凰」的心理，縱非人心之所固有，也只有少數的例外，何況國家的獎賞，於法有明文規定，社會的鼓勵，師長的期許，父兄的希望，又是彰明較著的事實，都有驅迫著年輕人，像初生的牽牛花一樣，一股勁往上爬。再就個人來觀察，心智與體力，隨年齡增長，也是步步上升，即令沒有野心，儘多「隨牒推移」的機會。在這樣的環境中成長，人是不能自外於升遷的，所差的不過高低而已。

英雄與無名英雄之間，分別很大，此不限於當時的權位，亦見於歷史的記載。一個英雄的成功，代表一群人或一個集團的成功，但歷史上，僅對極少數的人，加以記載，大多數都是一筆帶過。所以，一位將軍，雖與士卒同甘苦，共存亡，在凱旋的時候，他所享受到的榮耀，卻是獨占鰲頭，雖然他的榮耀，全是無名英雄的血汗堆砌的，他不能分給他的袍澤。這不能怪他有私心，而是不得不然。就對國家的貢獻說，地位愈高者貢獻愈大，同是貢獻，同是一腔熱忱，誰不願多貢獻一些，能夠做到「生有聞於當時，死有傳於後世」呢？所以艾森豪向一位正在圖上進的中尉提出忠告，要他別作將軍，也許和人類的基本願望不合吧？

艾克勸人別作將軍，所持的理由為，做了將軍，「會有太多的煩惱」。煩惱人人皆有，並非將軍的專利，我們相信樂觀奮鬥，殲敵立勳的艾氏，在未作統帥、元首之前，也有煩惱。不過大人物的煩惱，因舉足輕重之故，不便聲張，乃至不可流露，以致喪失了訴衷曲、發牢騷的自由，顯得更加不愉快罷了；人們不到高處，不知高處不勝寒的苦況，他的一番忠告，除「夫子自道」而外，別無更多的啟發性。

五十四年五月十六日

環境移人

我很幸運，這一年多以來，無論是辦公室或私人住宅，都是嶄新的或者改修過的，作息於其中，有一種清新的感覺。本市高樓連雲，美不勝收，因為我已經分潤了一份，羨慕之心已無由產生了。

記得一位心理學家說過一句話，自尊心是可貴的，自尊心的基礎，卻不一定健全；因為富家子弟，每以父兄的錢財驕人，為其自尊心所由建立的基礎，而面貌姣好的女子，又以美色足以壓倒群芳，來建立她的自尊心，同樣是不能可大可久的。假如我們以新居自傲，新居又不屬於我們自己，則自尊心基礎的脆弱，實在這兩種情形之下，那就更覺可鄙了。

「富而無驕」，誠屬至理名言，置身新環境，由於環境可以移人，總會情不自禁地增長幾分志氣。一個久困樊籠的人，偶然路過新公園，觸目一片蒼翠，俗慮全消，便流露出無邊的喜悅來，大致與此相仿。所以，身居新廈，無形中要起振奮的作用。對於這一點的了解，只怕古今來誰都不如漢相蕭何體認的深切。蕭何崇宮室的結果，立即使漢高祖感受到天子之尊，而漢家威儀既深且遠的影響，亦從此開始。

真的，一個英雄，必須在馬上才顯得威風，如果他沒有烘托他的種種背景，無以自別於眾人，置身眾人之中，當然和你我完全一樣。因此，僕人眼中無英雄。原因很簡單，僕人所見的英雄，只是一個肉體凡胎的人而已。這就是短小的拿破崙必須騎在馬背上發號施令的緣故。

揭穿了說，居室不過是一身特大號的服裝，假若服裝能代表一個人的身分，則居室更透露那個人的個性。在家裡，由家具的選擇和佈置，可以看出他家的經濟能力和審美觀念，從壁間的字畫，架上的圖書，可以看出居室主人的交遊和素養，乃至於他的愛好，他的缺點，差不多一無隱飾。由此看來，不僅環境可以移人，人也可以改變環境，而以人與環境俱化，兩相契合，最為相得。

在萬事皆求進步的社會，我不敢以目前為滿足，但我想起從前住在四個榻榻米上的時候，伸腰則手觸東壁，足抵西牆，我就自覺很幸運了。

五十三年八月二十六日

演說

民主時代，上風都讓一張嘴佔盡了。會議，當主席要說話，出席者，有所報告要說話，有所建白要說話；座談會，聯誼會，亦莫不憑兩片嘴唇，一條舌頭，把會場弄得熱烘烘的，所以伶牙俐齒，口才便給，十分令人羨慕。

我們的古訓，「三緘其口」，似乎對於說話，保留的太多，影響極為深遠，所以，希臘羅馬，從古就有雄辯滔滔的大演說家，而我們只有憑三寸不爛之舌，獵取富貴，播弄是非的縱橫家。同是搖唇鼓舌，說服的對象不同，說話的技巧也就有異。我們面對群眾說話的時代，離我們很近，這一改變，和國體、和時代都有關聯，不能不說是很大的變遷。

由於我們太重說話效果不好的一面，對於婦孺，總是嚴禁其開口。從前，每逢新年，春聯之外，還另有一方「童言婦語，百無禁忌」，書此存照，以為抵沖；有的地方，對於鳥音，也列為禁忌，更在「童言婦語」之下，加上「雀噪」，皆在「百無禁忌」之列，實在好笑。在這種環境的薰陶下，說話的機能喪失，而聖經賢傳，又稱道「木訥」。雖孔門四科，「言語」亦在其中，畢竟少有光彩，至少後世沒有加以發揚光大，致令我們在當眾發言時，顯得低能。

把說話當做一種技能來訓練，時間還不太長，由於教師們以前鮮受訓練，教人說話，總難望拿出很好的成績。而且，現在的訓練，可以說是一種靜態的表演，要想憑一番言詞，語驚四座，贏得聽眾的傾服，很難做到。所謂靜態的表演，便是講話的人，事先做好講稿，讀得爛熟，配合上姿態，如演戲然，只要大致不差，「演」「說」合一，也就很滿意了。至於聽講的是些什麼人？他們是否對講題有興趣？說的話是否能打動人家？都一概不問；而來聽的人，存心捧場，也從來沒有苛求。

靜態的演講，用之於初期的訓練可，卻不能一成不變，記得我在大學快畢業時，校方訓練學生演說，是臨時告訴他，現在要以什麼身分，因什麼事故，去和一些什麼人講話。這一變通，就由靜態一變而為動態了，雖然很難，卻因說話本來是用來應付環境的，無法邁過，吃幾回苦頭，益處比背講稿更大。

五十三年十一月二十五日

談演說

也許是我社會的接觸面太小，從小學起，我所聽過的演說，真能使人手之舞之，足之蹈之的，屈指可數。原因可能是我的尊長們，沒有受過演說的訓練，所謂「半路出家」，一時不易得道成佛。到了我們這一代，已知演說的重要，而訓練的方法，偏重在熟讀演說稿，配上高低急徐的聲調和喜怒愛憎的表情，希望能夠做到「演」「說」俱佳。但是這種訓練，無異演員背誦臺詞，說什麼也不容易把演說養成一種活的學問。

深一層的原因，厥為中國社會原是散漫的農業社會，平日集會少，不像現在的民主時代，要搞群眾運動，得學習一套對群眾演說的本領；宗教的觀念又薄弱，聽道的人不多，不足以鼓勵講道者成為演說家。學校的規模不大，大師們只留下一些語錄，顯然不是講稿。連那些掉三寸不爛之舌，以游說獵取富貴的縱橫家，雖逞其辯才，說的天花亂墜，而其說服的對象，也僅是君主個人。所以從古到今，我們都沒有面對著陌生的群眾發言，如今為環境逼迫，才半推半就登臺演講，生疏在所難免，而在演講之中，不自知其言詞之長而寡味，也情有可原。

有資格登臺演講的人，總都來頭不小，如果他們的演說有缺點，絕對不在內容，甚至我們還可以說，正因內容太古板，太高深，太正經，一心為聖賢立言，而不計及臺下聽眾的程度如何，能否接受這樣深奧的哲理，堪受這樣崇高的期許，乃形成言者諄諄，聽者藐藐的兩極端。演說而不知聽眾的心理和需要，就難怪要格格不入。

其次，一般的缺點是不知時地，大家認為，一個集會，非常難得，似乎非抓住機會大放厥詞不可。有些人本無話說，卻因不甘寂寞，或者固辭不獲，而臨渴掘井，先將人家剛才說過的，雞零狗碎覆述一遍，然後一而二、二而三、三而四地剌剌不休，自己不能圓場，人家聽而生厭。結果是使人聽見演說，便提不起精神來，甚至有的人名氣很大，第一次登臺，群情興奮，都願一聆高論，一瞻丰采，而聽了一次之後，大失所望，無論講的或聽的，同時感到無聊，損失是何等重大！

五十三年六月三十日

圓規與直尺

前寫「圈子云云」，意在破除一部分投稿人的疑慮，只要稿子夠水準，儘可放心大膽投郵，決不致埋沒英才。不過，「圈子」這個觀念，流行了幾十年，中人甚深，破除殊為不易。

圈子之存在，殆由於在中國的社會，人情大於天，連投稿這種雅事，也攀上了人情。遂有人誤會，倘能與編者有些交情，總容易打進圈子，而不必在作品上用功夫。人情如不可避免，也要那稿子夠水準，過得去，才登得出來。但是，假如一個刊物想辦好，想為大眾所喜悅，那就要把人情稿的比率，降到最低限度，而使每個投稿人，站在平等的地位上，享受機會均等的利益。讓作品沉者自沉，浮者自浮，而刊物本身，亦可享「得天下之佳文而讀之」的樂趣。只有追求這個長遠的目標，所謂副刊為天下公器，然後有其實質的意義。

一篇作品，作者所期待者僅為發表；而同為發表，編者尤須考慮發表時的技術，預計發表後的效果。因為一個刊物之可貴，全在它刊載可讀的作品，若能使人讀了，覺得津津有味，且預期明天將有同樣的享受可得，他才會繼續讀下去。一篇不夠水準的作品，將成為這可讀性的脆弱的一環，縱然發表，不過填了版子而已，還是沒有人肯讀。一篇文章，通通順順，明明白白，但也平平常常，清清淡淡，通讀全文，毛病固然沒有，精彩也影響毫無，張之課堂，或可入選，公之社會，容有未妥。

一個刊物為一面時代的鏡子，文藝進步，它是會反映出來的，它如果有圈子，圈子不得不兜大；它如果有標準，標準不得不提高。此為事勢發展的必然。十多年來，文藝的進步，無論質或量，皆予人以鮮明的印象。倘不將標準提高，勢必落伍；但標準的提高，就有人誤以為是圈子的縮小。一個刊物，不是為編者造飯盌，而是為作者造機會，更是為讀者服務。作品最後都要訴之讀者，讀者才是作品最後的鑑賞人，他們的愛憎，作者編者不能掉以輕心，置於不顧。沒有讀者的刊物，那是可怕的，作品發表在這上面，發表了等於不發表，到底有什麼好處呢？

五十一年二月十一日

切磋琢磨

文藝之需要批評，緣於文藝易學而難精，到了相當程度，若無自知之明，即無由進展。且致力文藝創作者，小有成就，浪得美名，若不能嚴加檢討，又容易形成自是的心理，以為天下文章，非不才莫屬。這是通病，而承認這的確是病，不諱疾忌醫者，實所罕見。

批評並未完全絕跡，只是礙於面子，當面說的是一套，背後說的另是一套。當面說的是官場話，背後說的是老實話。官場話都是門面話，除了交際應酬，滿足虛榮，別無好處，甚至有害。因為文人本來有自是的心理，現在得到證實，等於得到鼓勵，更往空幻處想，狂妄性有擴大的可能。門面語即令當老實話說出，大概以含蓄的居多，聽者倘不別具會心，就言外之意，窮思力索，對自己也無補益。

見於書面的批評，發表出來，話說過火了，或不免有傷面子；如果一位作家，真心求教，無妨邀集三二文友，在香煙清茶中，敞開心胸交談，定可得到較為滿意的結果。在這種場合，人家固可暢所欲言，發表一番宏論，自己在屏息靜聽之餘，如覺人家的言論有不合處，儘可詳加解釋，亦可糾正其不盡正確的觀點。這樣一往一來，雙方皆受其益，我們用不著害怕。

有些文友，每當創作的情緒陷入低潮，徬徨歧路，即來信徵詢意見。不知文病正如普通疾病，要經過診斷，始有希望將病因找出，萬不能懸揣。所以書信往還，反覆磋商，雖不失為一法，卻難搔著癢處。在文藝創作上，各人犯的毛病，具有個別性，不像傷風咳嗽，只吃「傷風克」就可了道。批評而僅做捫毛索瘢的工作，那太消極了，我們必須在摸清病源之後，還要開藥方，一面治病，一面調理，以期體氣復原，踏上健康生活之路。

獨學而無友，乃文藝界普遍存在的現象，不知失卻多少切磋琢磨的機會，坐令許多人停滯不前。作品的數量在不斷增加，而作品的素質未見精純，此中原因，多半由孤陋寡聞招來。我們知道：批評之令人不快，僅在其過程，其結果卻沒有不美滿的。只消觀念稍稍改變，放開接受批評的度量，拿出真心來，肯與人切磋琢磨，立刻會產生一番新氣象。

五十四年十二月二十日

衡文難

「知人知面不知心」，說明品評人物之難，而「言為心聲」，衡文正自不易。評人衡文，須以知心為基礎，而「交遊遍天下，知心能幾人？」知心少得這般可憐，連自己也未必知道自己，何況對於他人？

普通的情形，對一個人的作品，縱然有所評述，總是保留的多，說出的少；含蓄的多，裸露的少；應酬話多，知心話少；好話多，壞話少，所以不易明瞭真相。長輩說作品好，存心鼓勵；朋輩說作品好，有意恭維；晚輩說作品好，不過表示敬慕，皆不能視為定評。

寫文章、談文章，屬於雅人雅事，但如果逢人便談，尤其談的僅限於自己的大作，有迫人當面恭維之嫌，便也雅得難耐。固然蘇東坡、梁任公對他們自己的作品，曾經自作批評，無故意規避之意，而其一語破的，有非他人千言萬語所可企及者在。倘我們對自己的作品，具有同等的識力，亦無妨效夫子之自道。我卻認為，寫文章是作者的本分，應該盡心竭力而為；談文章則為讀者的權利，最好留著讓人家評斷，比較客觀公平。

由於文品即人品，要了解作品，從了解作者的人品入手，不失為正道，而且往往有獨到之處。因此，在創作上，埋頭苦寫之餘，還須拿出真心來，交幾個無話不談的朋友，拿出虛心來，聽幾句不堪入耳的評論，比自我陶醉受益得多。白居易在〈與元九書〉中說得好：「凡人為文，私於自是，不忍於割截；或失於繁多，其間妍蚩，益又自惑。必待交友，其公鑑無姑息者，討論而削奪之，然後繁簡當否，得其中矣！」

衡量自己的作品，因「自是」、「自惑」之故，甚為不易，衡量別人的作品，也不能只用「寫得好極了」這種籠統話可以了事。對那些僅屬神交的朋友，既不知其人，又鮮讀其文，粗枝大葉的鑑別，惟有就文論文，作初步的估價。大凡一篇作品，有真情流露，即令文筆稍遜，瑕不掩瑜，仍有可採；行文自然，無搔首弄姿之態，無危言聳聽之意，表現力常若有餘，亦屬難得；文中所說，說的是內行話，連內行人看來，也承認他「在行」，體會甚深，而筆能曲達，人見人愛，第一印象，便能先聲奪人。持真情、自然、本色當行以衡文，雖不免於粗疏，然已大致不差矣。

五十四年九月二十日

人類的雜誌

《讀者文摘》中文版創刊號，即將出版，發行額為七萬本，臺灣佔七分之二。《讀者文摘》創刊於一九二二年，四十三年後才有中文版，由於它的作品，不斷在我們的刊物上譯載，我們對它並不陌生。

當初 De Witt Wallace 創辦《讀者文摘》，原不指望有很大的銷路，因為他塑造的這本小型雜誌，所採行的編輯政策，完全是舊式報刊的老辦法——剪、貼、翻印，了無新義。不錯，《讀者文摘》的作品多是別的刊物登載過的，它炒出來的現飯，為什麼大家都吃得口角流涎呢？這卻要歸功於它能訴之人性，牢牢地把握住大多數人歷久不衰的興趣。

論外形，談不上豔麗；論內容，談不上新奇，但它轉載的每篇作品，都是百中選一的精華，所以能後來居上，情形和明太祖〈詠菊〉說的相仿：「百花發，我未發；我若發，都駭殺——要與西風戰一場，遍身披著黃金甲。」

美國是一個報刊王國，可讀的東西太多了，使讀者有「無所取材」之感，現在有一本《讀者文摘》在手，除了對幾十篇好作品可供含英咀華之外，還會生出一個錯覺：上一個月出版的東西儘管多，精華全屬於我了。求上進的心理，是人人所同具的，而一般人僅願付極低的代價，獲致他們所希望得到的學識。《讀者文摘》，於文摘之外，還有書摘——這經過縮寫的書，一經刊載，較之原作，更多讀者。一般讀者興趣之所趨，好往鬆處輒處走，乃《讀者文摘》在編輯政策上所掌握的一個要領。它的文字，淺顯流暢；它的內容，易於領會，皆為其他的刊物所不及，即使是「文摘型」的雜誌，緊緊跟在它後面刻意模倣，也都只落得畫虎類犬的下場。

一本雜誌，裝作品進去，誰都做得到；而在裝作品時，聯帶把風格、趣味、感情、希望、安慰、鼓勵、讚美、批評等人生所需要的種種，也無聲無臭地裝進去，卻非高手不能。再把這種種融會貫通，讓讀者在閱讀中，靜悄悄地改造了他的心境，變化了他的氣質，更非聖手莫辦！創刊了四十三年的《讀者文摘》，發行額是天文數字，上自各國元首，下至眾人，無不閱讀，的確算得一本人類的雜誌。它給我們的是這麼多，而且正是我們所急需的一份，誰能抗拒呢？

五十四年二月二十四日

副刊新面貌

《逃向自由城》，全文即將刊完。現在提到這個反共的長篇小說，並不是要對林語堂先生的大作，發表什麼意見，而是想對中央社供應文藝作品以後，在報紙和副刊所引起的變化，說幾句話。

中央社近來最突出的一件事，便是先後請了四位名作家、名記者，分別在臺北、美國、日本、香港，各抒所見，寫成專欄，供各報採用，或實之新聞版中，或發於副刊之內。顯然這是中央社的新猷，其加於報紙的影響，可得而言者有二：

一、中央社請的四位執筆人，所寫的作品，似乎都是宜於在副刊上發表的文章。但這種文章，不一定全在副刊上發表，而向新聞版發展。就副刊的立場觀察，這是副刊版面的伸張，機能的增長。

中國報紙，在沒有副刊之前，已有副刊作品，其處理的方式，便是採取混合編輯，和新聞擠在一起。所以現在的報紙，新聞版上出現文藝，用不著大驚小怪。

二、以中央副刊為例，在四位執筆人中，本刊所分擔的作品，以林語堂先生為獨多。他用雅健之筆，作平實之文，合乎雅俗共賞的要求。由反映之多，可見影響之大，一如他辦《論語》、《宇宙風》時。副刊難得有變化、有生氣，今因林文的續刊，帶來了議論，顯得生氣勃勃，多彩多姿。「老薑最辣」，信不誣也！

副刊，曾為無聊文人所濫用，今仍有視為小道者；實則它是一種工具——一種容器，只看我們裝什麼東西進去，倒垃圾進去，則為垃圾桶；放金玉進去，則為百寶箱。我們的名流學者，如果都和林先生他們一樣，每星期拿出一些金玉來，那麼，我們這一代的心靈，當更加健全，更加活潑。

中央社加發文藝稿，它本身的業務，也由通訊社而兼資料供應社。假如資料供應發展的箭頭，能指向海外，則僑報的需要，也許比國內為大。照目前的情形看，各報，尤其是副刊，因採用中央社稿，固然受益甚多，卻也失了幾許原有的特色，所以在供應上，如何做到「適可」的地步，是很費斟酌的。

五十四年七月二十七日

初期的寫作

每逢談到國文程度的低落，我們總聽到「基礎不夠」的話，那麼，基礎何以不夠呢？由小學到大學，前後十餘年，難道還不夠奠定基礎嗎？我們在這方面用的工夫不能算少呀！

所謂基礎，不過是國語文的命脈所在，要牢牢把握而已。其著手處在寫字，寫正楷，寫正確的字，一點一劃，長短方圓，皆不放過。像筆劃多的字，如竈，如龜，固然要寫得出來；平常的字，如「如法炮製」的「炮」，如「春風風人，春雨雨人」的第二個「風」字和「雨」字，名詞作動詞用，讀法不同，亦當深省。寫字是一種基本訓練，作文固當從這裡開始，觀察力、組織力、審美力的養成，亦由此步步深入，以鞏固寫作的基礎。對於一個字，寫得正確，用得有把握，更會產生自信。

泥水匠砌牆，看起來非常簡單，只消把磚頭一塊一塊堆上去即行。假如我們的看法，真是這樣粗淺，那就錯了。試想一堵高牆，手藝不到家，不能將那無數的磚頭，砌在一條直線上；一條一條的直線，又不能砌在一個平面上，它本身就不能獨立自完，如何支撐得起重壓，如何抵擋得住風雨？在作文裡，字就是一塊一塊的磚頭，會用字，雖築萬里長城也做得到。

在初期學習寫作的時候，小之一個新字，一個新詞，大之一個成語，一句格言，若想控制它，惟一的辦法，便是把它整個記住，儘早地用它一回，以後有機會再用三用，以資熟練——惟有整個把握，信心才不致動搖；惟有熟練，才能運用自如。例如「如法炮製」，這四字總是聯用的，把它當做一個人名或地名看待，它就無法遁逃了。

此時的寫作，目的在打基礎，不可好高騖遠，侈言創作。比如習字，這時最重要的事情是臨帖，是模倣，只要寫出來的筆姿好，有帖意，偶然有幾個端秀的字，流露一些天分，就不必苛求了。模倣是創作的準備，不能躐等，但亦不可徘徊復徘徊，一旦功力到了，即須脫去這層硬殼，由毛蟲蛻化為蝴蝶。

背誦亦為奠定基礎的手段，如果初學者不嫌這辦法笨而吃力，胸中有幾十百把篇文章，予取予求，十分受用。

五十四年六月二十二日

從小看大

一位少年朋友，在以「退稿」為題的文中，發了一聲浩嘆：「嗚呼，余方十四，已遭退稿十五次矣！」退稿的次數，比他的年齡還大，難怪他有這樣深沉的嘆息。

從年齡推斷，他是一個初中二年級學生。且別說他的「退稿」，內容如何，文字如何，單看這句文言，一字不能增減，雖口吻有點像小老頭，他的國文程度，倒有可觀：不幸他的文章又沒有用上，使他的退稿又增加一次紀錄。

對於這類稿件，衡情度理，只有在稿末寫上鼓勵的話：「請繼續努力！」然後寄回。但願這句話能減輕他的打擊，一直寫下去，以待其情思的成熟，文筆的雅健，十年八年以後，捲土重來，未可限量。

十幾歲的投稿者，處境有些不尷不尬，因為他們正落在一個不上不下的夾縫裡。一般的刊物，即令僅屬於青年的園地，沒有他們的戲唱；兒童的刊物，卻嫌他們太大了，而他們自己，又自視甚高，身為少年，不甘再以兒童自居，左右為難，作品沒有出路，苦悶遂緊躡其後。

在筆的森林裡，要有參天的古木，也要有剛出土的幼苗，一批一批成長，庶幾材木不可勝用。對於幼年的寫作者，雖說他們的作品，還幼稚得很可笑，但在寫作的全程上，卻是立在一個關鍵的地位。一位老教授對我們說過：小學畢業，如果沒有把國文搞通，一生便永無搞通之時。文藝界有成就者，大都幼時已露端倪，可見這話是有根據的。

歸有光為明朝集大成的散文家，〈項脊軒記〉是他的名篇，即作於十九歲時，所以王拯說：「熙甫自謂作此記後五年，妻始來歸，然則此記之作，其年未冠時乎？何成就如熙甫，而其通集之文，未有能高出乎少小時之所為者耶？梅先生言文人方出手時，當其至者大致已定，年與學進，推擴之耳；其至之處，不能有加，其不信歟？」歸有光的例，也許是一個特例，但一個人的才情，與天賦有關，原有幾分就有幾分，大概終生不變。「小時了了，大未必佳」，是一句調侃少年朋友的話，在寫作方面，「小時了了，大未必不佳」，該也信實得過吧？

五十四年六月八日

寫與做

有人問：「《我的座右銘》，是否可當人生的寶鑑讀？」

「不可！」這是我們的答覆。

我們不否認座右銘的價值，但其價值雖高，卻不能概括人生的全部，不得視為寶鑑。寶鑑云云，含義空洞而玄遠，與座右銘之切合人生日用者，渺不相涉。倘它真有價值，不戴上這頂高帽子，於它無損；戴上，亦不加榮。

現在好多人在學寫座右銘，把親身經驗，實錄下來，可以加深印象，加重體會，堅持下去，當有美滿的效果。卻有一點，必須辨認清楚：座右銘不是用墨水寫的。用墨水寫的座右銘，只是抄本，它的原稿是用汁水、淚水、血水寫成的，這才該學！《我的座右銘》每一篇都展示人生的一面，要寫這樣的作品，在未落筆之先，必須參加生活的戰鬥，飽經挫折，鬥志不衰。人說「兵書」上的每一個字是用若干萬人的血寫成的，座右銘也是這一類型的作品，不能視為普通的筆墨。倘其中有可樂之處，那是苦盡甘回的境地，也就是人生為什麼值得戰鬥的緣故。

少不更事的學生，功課沒有做好，受了責備，流了幾滴眼淚，以後好好用功，成績好了，便湊上一兩句教訓，加上這點經驗，也在寫座右銘。因為歷世不深，情味淡薄，雖有座右銘的形式，缺少座右銘的實質，如何動得人毫末？頂多只能當做一次作文的練習，有那麼一回事罷了。

真正的座右銘，一生只能寫一篇。前半世艱難締造，後半世漸入佳境，卒底於成。座右銘重在從生活經驗中體會，復經努力奮鬥中一一加以印證，始得成立。它不是呼風喚雨的符咒，念動真言，即可像阿拉丁的神燈，隨心所欲，要啥有啥。

要想得到座右銘的嘉實美果，龍潭虎穴，必須親身經歷一回。座右銘對於我們的幫助，只在隨時提醒我們，消極地不走錯路，積極地把握方向，有為有守，宜用宜藏，在開創自己的前程上，更為有效而已。它具有實踐性，既是從「做」中來的，也必須回到「做」中去。空言無補實際，世間萬事，沒有一樁不是「做」出來，座右銘如果有推動力，便要推動著我們去「做」，「寫」特「做」的記錄而已。

五十五年五月二日

筆墨生涯

自傳近乎自吹，措辭諸多不便，不能暢所欲言；在我們這個崇尚謙德的國家，只顧說自己如何如何，更會犯忌。「筆墨生涯」說的是自己，當然是自傳的一部分；生涯中又須與筆墨相結合，而以談自己的文章為主，叫人心悸，也是實情。不過，雖是左右不討好，要在夾縫中找適當的話來說，以發揚說話的藝術，該是文學修養的一面，付些代價，無論如何是值得的。

「筆墨生涯的說明」，開了一條路；「作家與作者」，又把語意上的障礙排除了，稿源立刻暢旺起來。作家們，作者們，都肯傾心合作，予我們以很高的信心，深信此次徵文，必有所發展，必有所成就。

從題材著眼，因為筆墨生涯所欲寫的，全為親身經歷，順手拈來，皆可入文。做文章，材料太少，無話可說，不能寫，材料太多，不易駕馭，也容易出毛病——金玉土石雜陳，可以得到好的，也可以得到壞的，兩相抵消，效果等於零。所謂毛病，一為開履歷，二為編目錄。試問從發蒙說起，直到如今，該用多少筆墨？更有大唸苦經的，寫作如何努力，退稿如何痛苦，人人相同的經驗，而津津樂道，倘非自我陶醉，就是忽略讀者心理。至於編目錄者，便是將篇名──從處女作起，一篇一篇開列出來，而且註明發表的時間和刊物。詳則詳矣，其如瑣屑何；忠則忠矣，其如沉悶何！

題材到手，可寫小說，須作小說的安排；可作散文，須作散文的安排，現在的題材是要寫自傳，亦須仔細安排。有些朋友小視了這種太熟的題材，沒有想透徹，貿然下筆，以致在陰溝裡把船弄翻了。題材太多太熟，惟有從大處落墨，才擺得脫那個惱人的窠臼，而予人以清新之感。

固然，自傳難於措辭，但既已決定寫了，就要當仁不讓，即令冒自吹法螺之嫌，也必須把話說個明白。自己批評文章的得失，古人已有先例，倘真是一針見血之談，正見自知之明。這樣的「夫子自道」，可以省卻別人許多探索，何必祕而不宣呢？還有，好的傳記，讀來定有趣味，我們的筆墨生涯，定當筆飛墨舞，予人以感興，予人以啟示，一篇文章，引得出一百篇文章來，成為「文章之母」，則筆墨生涯，一定會無涯的！

五十五年十二月四日

寫作的低潮

我進大二那年，在寫作上遭遇一個難關：無論寫什麼，總是寫不出；勉強寫出來了，卻又寫不好。前此我在寫作方面養成的一點基礎，至此完全動搖，連信心也喪失盡了。我不知這種現象，是否人人皆有；經我長期觀察，有些文友今天所遭遇的，正和我從前所遭遇的一樣，苦悶徬徨，十分煩惱。

我承受的損失很大——我在大學未投過稿，反不如在高中初中時；大學畢業以後，也不愛寫文章，認寫作為苦事，這種心理，只怕都是那時種下禍根的。假如我不是攻習新聞，有充分發表的機會，迫著我寫，我懷疑我的寫作能力。

在那個低潮中，一切的寫作都停頓了，惟有日記未斷，間作專題研究，偶有可採，受到同窗的讚美，心裡才開始解凍，逐漸恢復自信。在受教育期間，陷入低潮，似乎比既入社會之後，陷入低潮，要幸運些。因為在大學裡，不管怎樣，天天與書本接近，天天受師長教誨，容易再提起精神，鼓舞前進；社會的環境不同，那只有靠自己振作起來，堅持下去了。

前幾年，有一位文友，不幸陷入這個低潮。好容易寫出一篇文稿，投來以後，總被擋駕；稿子登不出來，寫作更無自信，由自怨自艾，漸有自暴自棄的傾向。幸好他和我相識，寫信來以實情相告，我除了安慰他，而且鼓勵他：「你今天的處境，好比一位身陷敵陣的將軍，只有拚命向前，殺出一條血路，才救得你自己，別人是幫不上忙的。」

陷入寫作的低潮，並不完全屬於不幸，它如果適時到來，可以醫治我們的虛驕，可以去除我們的淺薄，更重要的，這種挫折，正是向前跳躍的後退，可能是進入一個新境地的徵兆，正是黎明前的黑暗，所以貴有自信，貴能堅持，徐徐出自己於苦悶徬徨中。

寫作的道路，原是崎嶇不平的，我們想要順利進行，像平原上走馬一樣無阻無礙，實在打錯了算盤。試看名家的自述，誰不是在這條道路上，經歷了無限艱辛，汗盡而繼之淚，淚盡再繼之以血。我們看戲，但見生旦淨丑，多采多姿，引人笑樂，卻不知那唱工做工的背面，都閃爍著汗光淚影。所以，寫作的低潮非他，特提醒我們，工夫或有不到，要我們再讀再寫再想而已。

五十六年元月十三日

替書吹噓

為文易，構題難；編書易，命名難；出版易，宣傳難。替公家或私人出書，次數不能算少，每逢要想兩句話，為書吹噓吹噓，以廣招徠，便碰到節骨眼上，若非套用陳腔虛應故事，就乾脆省了這步手續，免得白傷腦筋。此中苦況，定可邀過來人的首肯。

文有個別性，先須由題目顯示出來，認真說，一篇作品，只容有一個題目，不可張冠李戴。書的個別性更大，書名尤其不得假借。篇名書名，儘管有相同的，但不足法。雖說篇名書名，並未申請專利，人家能用，我也能用，殊不知一著落後，萬難勝似前人，在宣傳上，無法理直氣壯地說話，想力著先鞭，那就難了。

做廣告，離不開「反覆」的原則，而習見的「反覆」，不過是把人家說了千百遍的話，再斷章取義，支離破碎地說一遍。廣告上的話語，一字一句，都要有見地、有分量，如贈人以對聯，必須使授受雙方，身分恰合，使人在一瞥之下，入目動心，才算盡了能事，套用陳腔，所洩露的，是創造力的貧乏，對一本書的認識不夠，精義所在，懵然無覺，自己昏昏，與人昏昏，而欲收到預期的宣傳效果，何異與虎謀皮？

五十一年元月，當心波先生的《進德錄》出版之前，我亦參預出版事宜，忽然心有所感，想起三句話：「一百個人物——人人可師，一百個故事——事事可法，一百篇文章——篇篇可讀」，出語自然，措辭平實，大致與內容相稱，所以為社方所採用。以後出版其他的書，同事們要我再想一個充數，我未嘗不想再奏鉛刀，盡一分力，卻一字想不出來。大約「江郎才盡」，確有其事，至少在我心目中，要想出話來，為書吹噓，比寫方塊，比寫新詩難得多。這回《我的座右銘》出版，現成的廣告，固然也可用，終嫌不夠味兒，勉強用「從經驗中來，到生活中去，熟讀《我的座右銘》，會使你獲得美滿的人生」，仍無精彩可言，最多亦不過切近「座右銘」的性質而已，但這已是合二人之力做成的，可見廣告不易做，更不易討好。如果說我有什麼心得，厥為我深知此事之難，倘體會不深，靈感不來，則一隻靈異的小鳥，不能破殼而出，到處飛翔，把書的佳音，廣播四方。

五十四年三月十四日

國文程度

通過聯考，中學生國文程度的低落，今年又得到一度證實，不免使大家倒抽一口冷氣。這是一個老問題，至少我還在讀初中時，耳朵裡已充滿搶救國文的呼聲，如今三十多年了，國文一直在低落，簡直是「近視眼養瞎子——一代不如一代」。檢討到節骨眼上，連國文教師的國文程度，也有人懷疑。

希望國文程度提高，可以說是大家的共同願望，做一個副刊編者，寄望尤其殷切。因為國文程度為寫作的根源，倘國文程度好，掉轉筆頭，致力文藝，耍起筆頭來，當然有一手，定能使我們這一行，靠別人的文章寫得好吃飯的，沾光不淺。如今國文程度不如理想，我們的飯仍然有得吃，只是難於下嚥而已，沒有什麼嚴重。

這樣說時，似乎有故作輕鬆之嫌，實則這個問題，不僅由來已久，有「歷史傳統」，而且具有普遍性，不限於中國。前幾年讀一本新聞學著作，討論新聞通訊，那位作者就老實不客氣，指出美國的通訊員，有些文字不通，不合文法，其中有教員擔任通訊者，亦不例外；前不久，又讀一本教學方面的書，說是美國有些教師，不肯進修，英文也高明不到那裡。由此看來，縱然不能說，「天下烏鴉一般黑」，至少可以說，無獨有偶。一般人公認，學英文比學中文容易，而美國的「國文程度」，並不見得特別好，或者可以稍為平息我們的創痛吧。

國文程度的低落，是一個事實，但如果以聯考的成績來作惟一的依據，只怕不很可靠。何以呢？考生在考試時，情緒緊張，生活失調，影響智力，多少有點「變態」，即令平日國文好的，這時寫出來的文章，也要差些；程度不太好的，自然更難於應付了。因此，如果要檢討國文程度，何以低落的病因，定須作廣泛而深入的探求，聯考的成績，只能視為資料之一。

不錯，國文程度有低落的現象，而其所以沒有低落到底，或許與投稿之風漸盛有關。我們的刊物，少說也有千種以上，假定全為月刊，每種每期以十篇計，每月的需要量為一萬篇，而未採用者不與焉。這是不墜的一脈，並且遍於社會上的各階層，真是想不到的事情。

五十四年八月十三日

談筆名

「某篇作品是某某寫的，某某是誰呀？」

這樣的問題，問的不止一人，也不止一次，似乎是一種普遍的心理。讀其文而欲知其人，是很自然的心理傾向，難怪有些刊物，在第一次發表某人的作品時，要連同他的照片一齊刊出，而且作簡單的介紹；有些人出書，也把照片印上去，實為息事寧人的辦法。

現在發表作品，作興用筆名。不用真名用筆名，如不知底細，老朋友都會不知道，而要問：「某篇作品是某某寫的，某某到底是誰呀？」倘為陌生人，把筆名告訴他，他固然不知某某是誰，再將真姓名告訴他，他還是不知道某某是誰。可是他既知某某是張三或李四，他就有得吹了。所欲不奢，問題並不嚴重。

但是，初露頭角的作者，與編者本不相識，雖有信件往還，而尚未見過面，一遇到這種問題，據實以告：「連我也不知道」，必被人目為賣關子，真是天大的冤枉。其實，就算我們明知發此問者，是一個刊物的主編，一個電臺的主管，他打聽某人，是看上了某人的文章，志在拉稿，我們都願意說老實話，讀者們無此企圖，不過想多知道一點，以為談助，我們何致故作神秘呢？

用筆名發表作品，不知是什麼人想出來的，真是好辦法。一篇作品發表出來，如果光禿禿地只有一個題目，彷彿有些不大順眼；題目之下，如果綴以真姓名，那屬於名作家、大作家的，固然「毫光萬道，瑞氣千條」，那姓名還不大響亮的，便顯得有點瑟縮，所以不如用筆名，虛實難猜，把大小扯平，各憑文章取勝。有些文章，在發表的當時，作者出面，覺得有些自干未便，用筆名把距離拉遠，不失為明智的辦法。說來可憐，這筆名所造成的距離，只抵得一層紗，人家早晚會知道某某是阿誰。不過，待你知道時，馬已過黃河了。

姓名有重複的，筆名也有重複的。前十年，有一位青山先生常寫新詩發表，後來另有一位投稿人，亦以「青山」為筆名，被青山先生發現了，來信要求那位先生不用這個和他相同的筆名，好生令人為難——人人有用筆名的自由，編者尊重之不暇，那敢說個「不」字！後來兩位青山都停筆了，問題也就解決了。

五十五年八月十三日

不具名

當編者，有一種義務當盡，就是讀者寫信來讚美或責備時，至少在禮貌上要答覆人家才對。讚美者，施恩不望報，倒可以不回信；責備的，也許出於誤會，有待解釋；也許不明真象，有待澄清，卻非回答不可，而結果是不具名的朋友寫來的信，徒令人興「回信有心，投郵乏術」之嘆，責任就不在編者了。

一般辦公用的信封，印有機關的名稱和地址，一封具名「你的忠實讀者」的信，要作覆的話，還可望送到；難辦的是信封上一片空白，信紙上的簽名又是大草狂草，這就算遇著了無頭案，惟一的辦法只有息事寧人了。妙在有的明明等著回音，而一不見姓名，二不見住址，叫人十分困惑。

本刊有「中副小簡」，有的朋友來信，其所以不具名，倒是指定了要在小簡裡面，作三言兩語的答覆，可省卻許多客套和八角郵票。這是他的好意，可惜他沒有想到，「中副小簡」雖小到不能再小，簡到無法再簡，卻必須具有公告性，與一般讀者有關，在那裡登出來，才有點意義。為了省事，結果反而誤事，大約也是始料所不及的。

來信不具名，可能有兩種相反的心理：一種心理，以為自己在編者心中，人微言輕，具名和不具名，同樣難邀他的青睞，那不如不具名，倒還乾脆些；另一種心理，以為自己和編者，常有稿件往來，別說姓名地址早已牢記在心，就連語調字跡，也摸的一清二楚了，再稱名道姓，實在多餘。他不知編輯桌上的稿件，正和汽車前窗玻璃上的雨點一樣，括了一層，又生一層，其變換的速度亦如之，誰能記得許多？所以每封信、每篇稿，都要麻煩賜件人寫上姓名和地址，而且要寫的字字清楚，使我們有服務的機會，在這裡要特別拜託。

通信為饒有人生樂趣的事情，有往必須有來，而後有樂趣可言。倘寫信而不具名，人不知你是張三李四，回信等於對牆道白，興致提不起來，即令有話待說，也都咽下去了。大膽把姓名寫出來吧，姓名是用來呼喚的，呼喚的人越多越好，我們無所用其匿避！

五十五年三月二十五日

艱深及其他

由「我對中央日報的意見」，得窺讀者對中央副刊的意見。徵答的本意，在據以求改進，說中央副刊好的，不必再提，現在只想對缺失加以檢討。

徵答文稿，共有一六三五件，倘欲知讀者對中副的意見，究竟如何，非作全面的統計與分析不可。現在僅能根據「敬向讀者答謝」的結語說話。結語說：「又有少數讀者認為中央副刊文字艱深嚴肅，普通人不易欣賞，書畫展及哀思錄之類的文字太多，令人生厭。」這是一點不錯的，若非長期觀察，看不出這些毛病。

關於文字艱深嚴肅，我個人早已知道，因為在好幾年前，一位真正了解「中副」內情的朋友，曾經要我走「大眾化路線，文字力求淺近。」明知故犯，自然別有原因。文字的簡鍊，也許已成「中副」的特色之一。而簡鍊與艱深嚴肅為鄰，極易造成艱深嚴肅的印象。再加偶爾採用半文半白的作品，甚至古文與詩詞，駢文亦用，則艱深嚴肅不僅是印象，簡直是事實了。

作為反映時代的一面鏡子，「中副」從不迷戀骸骨，而文言文和詩詞，未能盡棄，實因這類作品，既有作者，亦有讀者。「中副」讀者，老年人不在少數，他們和年輕人一樣，在「中副」的版面上，必須找得到適合他們的作品，才算過癮。這個事實不容抹煞，艱深嚴肅，遂難完全避免。但這樣的成分，向來不重，而且不多，容忍一點，犧牲一點，即可相安無事。

書畫展覽，例必有文介紹，以為宣傳。「中副」明知這是宣傳，而不能不接受，原因在書法日趨沒落，國畫有待提倡，如果聽其自然，萬難符合文化復興的要求。書畫的評論，原是應該有的，而書道畫法，與修養聯在一起，在書法家、在畫家，固然應該知道，在我們芸芸眾生，若能窺知一二，未嘗毫無好處。獨恨談書法論繪畫者，創作者甚少，翻來覆去，無非四王八大，或將古人說的，飿飣以成說，集錦以成文，外行讀之，不知所云，內行讀之，卻又卑之無甚高論。此所以「令人生厭」耳。目的不錯，手段不當，也會將事情弄糟。求人說一個「好」字，實在不容易！

五十六年元月三日

送范迪

范迪颱風，已漸行漸遠，我們度過了今年第一道關，有驚無險，心情為之一鬆。

颱風是綜合性的災害，因為除了它本身的暴力而外，還夾雜許多副作用，陰險難測，令人聞風生畏。所以人們最難將息的時刻，便是初聞颱風警報，看見「直撲本省」字樣時，那真怵目驚心，要鐵石心陽才承受得住這份重壓。對於這份重壓，機械的反應是，趕緊回家去，買麵包，買電池，釘門窗，小心火燭；還有就是打開收音機，隨時收聽新消息，準備一場「人與天爭」的戰鬥，雖則這與螳臂當車無以異，但是，即令是虛幌一槍，也是必要的。這樣做了，就算是「盡人事，聽天命」，心裡多少有個安頓。

颱風所給予我們的經驗是痛苦的，它是一位不受歡迎的惡客。惟一的例外，便是前兩月在旱魃為虐，喝乾了田水溝水河水時，有人曾寄望於颱風，帶來一陣豪雨，把旱象掃除。而今臺灣的鄰近地區，西面和南面，都在鬧霍亂，我們有去年的經驗，又有人寄望於颱風，帶來一場豪雨，沖洗積年陳污，順便把病菌一齊送進大海。自然，這有點飲鴆止渴的意味，而事到臨頭，也顧不得許多了。

就解除旱象來說，范迪來遲了；就沖刷溝渠來說，范迪太小了。它一無是處，終究是一位不受歡迎的客人。但它似乎很識相，到了臺灣，立刻減速，很快地通過。毫不拖泥帶水，也算得奇跡。

范迪倘一無是處，只要它之驚天動地而來，使我們上上下下，家家戶戶提高了警覺，便是一種好處。颱風季節，這才開始，後面還不知有幾個。這回前哨戰，打得好，正可以使防颱小組，增加經驗和信心，作為應付第二個颱風的資本。前不久，我們有過「天神」演習，雖然非常逼真，到底不是真槍真刀地幹，至少在心理上，不如這回防颱之有真實感。防颱而能補防空之不足，在戰時處戰地的我們，實有接受颱風考驗的必要。

任何暴力，本質上和暴風是一樣的。二者都擺脫不了「其興也勃焉，其亡也驟焉」的命運。范迪到大陸去了，正好帶了一個榜樣去！

五十二年七月十七日

自覺一月

自覺運動，至於昨日，屆滿一月。本刊對此，雖在人心的海裡，最先投下兩塊有力的石子，真有「一石擊破水中天」之妙，掀動了壯闊的波瀾，從學校到社會，從國內到海外，相激相盪，迄無已時，但本刊仍然保持一貫的態度：多反映，少說話，以期與自覺運動的精神相一致，俾利於它的開展。

一個運動，沒有社會人心作基礎，那麼，口號不管叫得如何響，調子不管彈得如何高，皆無實際可言。這回自覺運動，沒有人存心要做轟轟烈烈的事業，連俞叔平教授、狄仁華先生在內，亦不例外。由於他們宅心忠厚，動機純正，發為言論，雖指摘我們的弱點，揭發我們的病根，全是和淚而道，隨同一片血誠托出，故能激濁揚清，使自覺運動匯成一道清流，沖刷了我們心頭的一些渣滓；而自覺運動本身，復在其自動自發、自生自長的過程中，使許多覺悟了的人，或以言論明心，或以行動見志，更壯大其聲勢，加深其影響。雖其波瀾起伏，壯麗無比，卻沒有一個「自覺英雄」。這種有言行無人物的運動，是古今來各種運動史中罕見的一例。「有意栽花花不發，無心插柳柳成蔭」，正是自覺運動的寫真，最值得稱述！

任何一個人群，先知先覺總是和後知後覺、不知不覺同時並存的。人智有高下，聞道有先後，對於同一刺激所生出的反應，不免千差萬殊。所以，對於自覺運動，必須抱著期望，但期望不可過高，亦必須求見功效，但功效不可過速，我們必須沉下心來，等待它的成熟。一個月來的事實，已測驗出我們的人心並未麻木。一個麻木的社會，沉湎於「打不知痛，罵不知羞」的昏睡狀態，絕對不是兩篇文章所能轟得起來的，而我們的社會人心，如此警覺，反響才這樣迅速而普遍。這是人心之所同然，所以一呼即出。中國人的天性，是含蓄的，是穩健的，有些人在自覺運動進行時，態度可能慎重，反應因而遲緩，但我們深信，他們一旦大徹大悟之後，必躍步向前，趕上自覺運動的行列，擴大自覺運動的影響。自覺運動，做到極處，不外庸言庸行，只要覺醒，從什麼時候開始，功效都是一樣的。

五十二年六月二十一日

論選集

《中副選集》自出版之日起，第一輯迄今不滿十個月，第二輯纔兩月掛零，時間不算長，但由於讀者的偏愛，它們一直在增印中，如今已有一萬三千冊流入市場了。

「選集」和「中副」，可以說是換湯不換藥，除了形式改變而外，內容原封不動。形式的改變，使中央副刊裡的若干篇作品，輯印成書，其意義即與副刊不同。試想：假如當初為了助長中副的流傳，採取中副合訂本的形式，仍有可取之處。因為中副的紙型是現成的，只消聚攏來，鑄版翻印，即可大功告成，而且由於成本低廉，儘可大量推銷。可惜合訂本只能照原版翻印，假如原版中有訛誤，改正的機會都沒有，實非做文藝工作所宜有的態度。更兼合訂本和報紙一樣大小，翻閱時比讀報還困難，因為報紙是單張，可以任意摺疊，合訂本無此便利，故不能考慮出合訂本。再說，一篇作品在報紙的副刊裡發表，發表之日，固然萬人傳觀，而過此以往，即逐日沉澱，直至無緣再見為止。合訂本僅能減輕這個缺點的程度，不能根本破除這個缺點，所以是不足取的。

任何一篇作品，發表雖是最大的鼓勵，卻不是最後的目的。以副刊為例，作品在副刊上發表了，自然已爭得第一回合的勝利，但一個作者，有一篇成名作，並不能保證他從此無往不利，他必須繼續追求更遠大的目標，以出書為急務，使自己的作品爬上書架，爬進圖書館，才可以鬆一口氣。有作品入《選集》的作者，即令他本人還未出過書，而到底有一篇作品以書的形式出現了，那意味和僅在副刊上發表文章是兩樣的。

一般閱讀的心理，好奇心高、愛新鮮的固然很多，而由於近年以來，出版物在質和量兩方面，皆有非常的進展，讀者的選擇既感到困惑，而精神的負擔亦覺得很重，便產生另外一種心理：讓別人搶先閱讀，等到大家都說某篇作品好時，然後再讀，那就不至於上當了。實際上，文藝不僅不受時間的限制，時間反而對於文藝作品，常常產生汰弱留強的作用，正足以為這種心理撐腰。讀《選集》的朋友，正如讀《讀者文摘》的人一樣，都是美食主義者，從來是重質不重量的。

五十三年三月一日

方塊還原

春節期間，「中副」休刊數日，便乘這個機會，把「方塊」的形式變動了一下。此非無理取鬧，自找麻煩，而是基於編輯上的需要，使第一篇作品的題目，可橫可直，可長可短，多幾樣安排，版面也多一些變化。不想好心的讀者，看慣了橫的方塊，對於直的方塊就不大順眼。副刊是為讀者辦的，既然如此，我們應該尊重他們的意見，從三月一日起，又將方塊復原。

由這一點，連帶想起許多事情，足以說明讀者先生對於方塊的關懷。作為方塊文章的執筆人之一，我不敢高估方塊的影響力，但我敢說，經過這些年的努力，方塊的力量，已由單純的清談，伸入輿論的範圍。例如，最近公車處作加價的試探，剛冒出頭來，就給幾篇方塊轟回去了，只得自打圓場。看出這種力量的，似乎以親民機關為最早，他們曾經寄發可供寫方塊的資料，希望借口傳言，達到宣傳的目的。那種資料，可用可不用，作風倒很民主。

方塊中人，退役的和現役的，屈指數來，有一大群，所以有人擬議，準備組織「方社」，自號「方家」，想在這一小方天地裡，樂其所樂。但是，「方家」畢竟是文人，時常光打雷不下雨，談了好久，「方社」還是鏡花水月。

李白說：「大塊假我以文章」。單憑這句話，就可以做「方社」的榮譽理事長。不過，寫方塊的實際情況是：「方塊逼我寫文章」，其勢如討債，荷包裡沒有錢，即令要舉債還債，到時也非拿出一篇來不可。因此，每一個執筆人，在將入「方社」之前，態度都十分躊躇。第一件不習慣的事情，便是必須受字數的限制——說多少是多少，不能多也不能少。第二是按時交卷，到時就得拿出來。這個擔子，從承擔那天起，雖然一個星期只有一篇，可別想有一天寧靜。讀者只知讀方塊的輕鬆，不諒寫方塊的困難，時有求全責備的指摘。在千鈞重壓下，任你如何「頑固」，經過一再的「修理」，用字小心，措辭留意，立意謹慎，多方適應，方的會變成圓的，何「方」之有！

好在任何方塊，皆有讀者，而且不在少數。正因為如此，「方家」的閒言閒語，倘能搔著癢處，背後站著一群讀者，這纔可以在輿情上具有影響。

五十四年三月三日

敬悼蔭老

曹蔭穉先生的病逝，對中央副刊是一個損失，對我個人更是一大損失！一個副刊要辦得有人肯讀，編輯檯後面必須有一個「智囊團」，時常在那裡檢討，指導，出主意，庶幾近之。蔭老就是中副智囊之一，今失憑依，其何以堪？

在四十九、五十年間，蔭老曾以「呂俶」為筆名，寫方塊文章，立意的圓融，用字的貼切，皆臻爐火純青之候。記得有一次，他寫一篇文章，末尾提到兩個公主的婚姻問題，「樣子」送來，已是午夜以後，蔭老總覺語氣不大調協，心想更動，又苦思不得；澆版房等著壓紙型，我幫著他思想，而急切之間，靈竅閉塞，一個字也想不出來。只見他提起紅筆，圈去幾字，勾轉兩句話，才雨過天青，皆大歡喜而去。

自前年八月一日中副擴版起，直到今年四月蔭老入榮民醫院療養，每天午夜，都是我陪伴他回家。在午夜歸家的車上，乃做記者的人一天中毫無掛礙的時刻，我們想到什麼就說什麼，言論自由極了，心情暢快極了。這時的蔭老，談笑風生，很容易感到他自己的作品，缺少一點幽默。他對我說：「我說話還能風趣，為什麼下筆就凝重呢？」

我說：「曹公把游戲筆墨，當做名山事業，又那能不凝重？」

中副所刊的掌故，蔭老篇篇經目，字字經心。他審閱這類文稿，真是一面鼓，大擂則大鳴，小擂則小鳴。凡文中提到的人物，涉及的史事，在他那富如寶山的腹笥裡，經緯緯，資料都是現成的。任何疑難，向他請教，莫不迎刃而解。唉，蔭老實在是最好的編者，中央副刊的掌故，其所以可誦可讀，受讀者歡迎，乃由於幕後有曹蔭老之故。今後遇著這類疑難，我再向誰去請教呢？

蔭老博聞強記，又專治過《說文》，而每日上班，左右不離《辭海》、《辭源》。他對一個字，稍有懷疑，定要查考，求其的實，而後心安。他很喜歡寫信，我們辦公室僅隔一層壁頭，凡是請教他的問題，無不條分縷析，寫在紙上。他改文章是第一等能手，我塗鴉之作，只要時間允許，總要麻煩他。經他更動一二字，在一句，則一句俱活，在一段，則一段俱活。現在草此蕪文，以表哀思，好歹只有天知了！

五十二年十月五日

陳薛二先生

陳鴻年先生病逝，治喪委員會寄了訃告來，也許是為了一段文字因緣，要我到他靈前去行一禮吧？

薛振家先生（長白）死後不久，陳先生相繼而去，中副連失兩位投稿朋友。薛先生未見過面，陳先生僅在五十一年「以文會友」的茶敘中，匆匆一晤，私人的交情都談不上，我和他們之間的書信往還，雖一直未斷，而所談僅限於投稿之事，別無可述。

有一段期間，薛先生的來稿，屢投不用。於是這位「日跑萬米」的老作者，忍耐不住了，便來信質詢；不得已，乃就所見，一一為他剖析，連他文字的毛病，也赤裸裸地指出。難為他的涵養功深，居然接受了我的淺見。他一生得意之處在專攻《說文解字》，形成了他個人的「情結」，所以一有機會，便道「說文」不去口；其次，他教過不少學生，每逢他的學生有作品在中副發表，必為一文以讚之。他愛學生心切，忽略了作品貴有變化，如果老是那一套，必然一次比一次失掉吸引力，怎麼還能採用呢？差幸這一點，能在他死於長跑途中之前，解釋清楚，此心乃得無憾。

「故都風物」，在五十年八月中副擴版以後，是陳鴻年先生的一個專欄，當時很能叫座。好多人喜歡那一手「京片子」，倘讀其文，用標準的國語——用純粹的北平土話更好——念出聲來，流利上口，殊多可樂。但他的「故都風物」，歷史的意味不濃，所引人興會的，全在那種「說相聲」的口吻，娛樂價值大於文學價值。在他的作品中，我所知道的，〈親娘舅〉是很有文學價值的，所以選入《中副選集》第三輯，電視公司也將這篇改編為電視劇演映了。

編者，在報社的工作，屬於「內勤」，所做的事都是幕後的雜務。更兼夜間上班，白天睡覺，很少拋頭露面，活躍於交際應酬的場合。我不僅和薛陳二位，沒有交往，和其他投稿的朋友，也鮮有大不了的交情。我覺得，無論作者或編者，要有一個共同的認識：大家是在為讀者服務，只要讀者滿意，隨便怎樣做去，皆無不可。

陳薛二先生，曾以心血灌溉中副，正當有為之年，溘然作古，我們不能不致其悼念之意！

五十四年七月十日

雜誌沉浮錄

具有二十五年歷史的《皇冠》雜誌，遭受兩年的財務虧累，將於十月份結束。《皇冠》和我們並不陌生，我們即令不買它來讀，也時常可以讀到它的譯文，而且在我們自己的雜誌叢中，還有一本和它名目相同的雜誌。

讀雜誌，可以享受樂趣，可以增長智識，一本價廉物美的雜誌，實在是一個心靈的良伴，在我們的生活中是必不可少的。因此，有很多人對辦雜誌都願意一試，希望藉此媒介物，對文化作若干貢獻。惜乎雜誌攤不會說話，假如會說話，它定能把這些年來雜誌王國的窮通否泰，作成一篇有血有淚的報告，以警惕那些做雜誌夢的文化鬥士。辦雜誌的人，「只見新人笑，不見舊人哭」，故能猛勇絕倫，其實他在出征之前，最好冷靜觀察一下雜誌界的情形。

經營雜誌，首先對自己要下「總動員令」——手要動員，腳要動員，心要動員，臉皮也要動員，才有成功的可能。雜誌以一個觀念為前導，這個觀念必須具備創造性，最好就由雜誌的名稱表現出來，例如《讀者文摘》，在其創刊時，「文摘」是一個簇新的觀念，而其內容，正是這個新觀念的產物，卻都歸著在「文摘」二字上。這就是心的動員。《讀者文摘》發行成功，好多人見獵心喜，如法炮製，只因率由舊章，了無新義，都追不上它，屈在雜誌王國稱臣。

文人動員腦筋容易，動員那張面皮，卻比登天還難。因為臉皮太薄，不好意思拉廣告、拉生意、拉訂戶，更碰不得輒釘子，坐不得冷板凳，無形中失掉許多積少成多的進益，湊合他的成功。動員手容易，動員腳又困難。前十年，有一位文質彬彬的先生辦雜誌，坐著三輪車出去收「書款」，辛苦一趟，僅得數元，而車費去了數十餘元，收支相差懸殊，別說去收款未必就得，就得了也是賠大錢，倒不如不收的好。這是腳不動員的災害。辦雜誌而不良於行，必然牽連到雜誌的不良於行，其關係之重要如此。

現在辦成功的幾家雜誌，若非廣告有門路，就是經營的家庭工業化：老子發稿，兒子跑腿，太太發行，女兒校對，一家的榮枯，繫於雜誌的成敗，卻也能夠維持小康的局面。此中原因，是開支很小，「家」即是「社」，家裡的成員即是辦事的人員，可省一大筆。雜誌的經費，總是零收整付，容易導致虛盈實虧。病徵初現，自然很不甘心，還希望扭轉逆勢。《皇冠》雜誌，如果兩年前看出苗頭不對，適可而止，當不致多虧一百二十萬元了，但誰有這種服輸的氣魄呢？

我們的雜誌中，新近發行一種「一元叢書」，為別具一格的雜誌型的書籍，現已出版第三集，一二兩集已售罄。這個觀念新穎，售價又低廉，正合一般人的需要，無怪其然，希望他們好好幹一番。

五十年七月十三日

編者先生

頂著「編者先生」的頭銜，單就編副刊說，已經鬼混了十多年。我覺得，世間有許多人處於嫌疑之地，容易遭受誤解，不幸，編者正是其中之一。旁人遭受誤解，有解釋的機會，把空氣澄清，而身為編者，且別說沒有適當的機會開口，即令有，因為那誤解所由生的情況無法改變，今天講清楚了，明天還會發生，向甲講清楚了，乙還會發生，到最後，惟有抱逆來順受的態度，以「聞善不足喜，聞惡不足怒」為座右銘。

第一個誤解，出於一般人把編者看得太高，以為他擁有生殺予奪之權，所以從前有人把編者和軍閥同列，尊之為「編輯閥」。這類寓褒於貶的尊號，如今還有「小皇帝」、「劊子手」等名目，直叫人啼笑皆非。

第二個誤解，又出在把他看得太低，低到「九儒十丐」的地步，一不高興，就指著他的鼻尖，說他是「文棍」、「文丑」，罪狀是他抱「門羅主義」，玩「小圈子」，和少數幾個「狐群狗黨」，「朋分稿費」。欲待置辯，苦無對象，還不是按捺下一腔委曲，本著「止謗莫如自修」的原則做去算了。

介於這兩大極端之間的，還有另一些人，一心想和編者打交道，認為只要把「公共關係」弄好，能邀編者的青睞，一切皆可迎刃而解。至少，結識了一位編字號的人物，萬一文章有不如法的，水準有不夠格的，經他紅筆一揮，塗塗改改，立刻就會化腐朽為神奇，保險與讀者相見。這是一廂情願的癡念，根本做不到。

實則讀者、作者、編者，立於平等的地位，和球隊裡的隊員一樣，只有分工的不同，沒有地位的差別。

再說，刊物為公器，縱屬私人經營，亦不例外。編者為此公器的看管人，左手從作者那裡把作品接過來，右手把成品遞給讀者，就在這一接一遞之間，一時代的文藝思潮在那裡起伏，孕育新文化的胚胎，使我們有一個美好的未來。而對此有所貢獻的，捨好的作品而外，別無他物。天下沒有一個刊物，能用不好的作品而把它辦好的。與其責備編者，不如集中心力，多做一點有益於自己的事情。

五十四年八月七日

出書的願望

舞文弄墨的願望，一是發表，二是出書，且二者是相聯或者合一的。如長篇大論，從開筆起，便是一本書的規模，完成之後出版，印成的就是一塊「磚頭」——發表與出版合而為一；至於短篇雜什，寫作既久，蓄積漸富，最後不難以書的姿態出現——這是發表與出版相聯。

出書的願望，每個作者都有，而愈到後來愈強烈。因為作品，久經磨鍊，漸臻成熟，的確有資格成為書本。這種情形，就像青年男女講戀愛，最初不過好奇好玩，及至相交已久，相知已深，其勢不得不結婚一樣，實為極其自然的發展。

同時，要了這個願，現在的印刷設備精良，技術進步，成本低廉——紙張便宜、排印便宜、裝訂便宜，既有書店老板竭誠合作，代為出版；又有文化機構，樂意幫忙，只要申請補助出版邀得通過就行。即或不然，自掏腰包，出一本書玩玩，所費不算太多，印刷費用可以緩付，出書還是做得到的。客觀的條件如此優越，自然易於滿足主觀的願望，出書的機會多，新書遂呈日新月異之觀。

印刷精良，平常寫的字、畫的畫，欲以畫譜碑帖的型式印出，也不費吹灰之力；但如果習字學畫，還停滯在臨摹階段，就急想有所表現，用漂亮的印刷，出版畫冊字帖，明眼人一看，功力有不到，必嗤之以鼻。由此言之，凡是以書本型態出現的東西，至少須與藝術的標準接近，因為這是具有神聖性的，不得出之以輕率。字和畫，以本來的面目示人，是不是藝術，一目了然；至於書本，情形不同，又當別論。

字和畫的筆墨，與藝術品的本身合為一體，有獨得之祕，這獨得之祕，雖父兄不能舉以傳之子弟；而以文字為中介的文章，縱然不能整篇抄襲，卻可部分引用，這就是說，語言文字，可以反覆運用，可以羼雜，使其創造性的成色高低不一，遂有魚目混珠的可能。由於這個事實的存在，世間雖有買字購畫，出了高價而得贗品的，數量上總不如買進不值一讀的書之多。「開卷有益」，那麼，一本書對人是否有益，應該為書之所以為書的起碼標準。今天的出版界，採取的策略是：讓時間老人來作最後的評判者，竟放棄了人為的第一關，只怕不完全是好的。

五十六年二月二十六日

軍中文藝運動

民國四十年有軍中文藝，民國五十四年有軍中文藝運動，二者一脈相承，使軍中文藝運動，有所繼承，復有所開拓，蓄積的力量既厚，自然所向有功，容易做出成效來。

軍中文藝採取獎勵的方式，便有一個成功的開端。從前軍中投稿者，得了一份稿費，其所屬單位，還要比照著再給一份。「重賞之下，必有勇夫」，打仗如此，寫作亦復如此。現在設有好幾項文藝獎金，每項的數字都很可觀，鼓勵的力量當然更大。我們知道，獎金的設置，固然是用金錢的價值，標出文藝的價值，而更重要的一點，旨在表示對於文藝的重視。凡具有寫作能力的人，只要嶄露頭角，無論長官或同僚，立即另眼相看，單位裡皆以他這枝筆為榮，器重他，敬愛他，把他抬高到一個尊榮的地位，大家願意向他看齊。

我們在編輯桌上，每天要拆開許多來自軍中的稿件，遠的且不說，單以「我的座右銘」而論，就佔著很高的比例，發表的已有好幾篇。作者有在役的，也有退役的，筆力同樣感人。由於十多年來，他們在軍中，一直在濃烈的文藝氣氛裡面生活，英雄的行徑，自有一段壯志豪情，所寫的雖是人海微瀾，從這裡卻看得出他們的根源所在。

現在的軍中文藝運動，對於軍中的寫作能力，還是不能鬆手。因為幹文藝，寫作能力是基本條件，譬如打仗，前線要有勁旅，後方要有預備隊，所以，如何訓練新的筆部隊，實為此次運動的一個環節；也許訓練一個筆的戰士，所用的時間比武裝戰士還多。惟有新人輩出，在這次運動中，才掀得起層層的高潮。

為求寫作能力的提高，函授學校和空中講座，可以雙管齊下。函授提供講義，著重批改，俾提高一般的寫作能力；空中講座，則請文藝界人士，針對當前的文藝思潮，或個人的寫作經驗，提出來和戰士們討論。倘二者能好好配合，相互為用，成效自然更大。總之，這是一個運動，要從多方面入手，要源遠流長，其激濁揚清的力量才大。

五十四年八月二十五日

軍中文藝展覽

國防部為慶祝　總統華誕而舉行的文藝展覽，將於明日舉行預展，後日正式展出。從四千二百二十八件作品中，精選出來的八百五十四件，要連續展覽五天，千萬市民，皆可一飽眼福，親眼看到我們的三軍在文藝上的成就。

溯自民國四十年倡導軍中文藝以來，文藝即在一塊肥沃的土地上生長，每年都在豐收，收穫量逐年增加，品質亦逐年提高。凡此皆為事實，正與克難成果相同，可以拿出具體的成績來，供人觀賞。

三軍文藝展覽之值得重視，固不止其成績量多質精而已，主要的，在它完全符合文藝成長的過程。軍中文藝，從播種之日起算，今已十二年，這相當由小學五年級，到大學畢業的年限。普通的學習，「三年有成」，軍中文藝的時間，已四倍於此，而後勁有加，宜乎千枝萬葉，渲染成滿園春色。

的確，八百五十四件作品的文藝展覽，有如繁花生樹，那盛開的花朵，朵朵都放射出智慧的光芒，令人駐足欣賞，凝眸玩索，對國軍之文武兼備，致其欽佩之意；同時對於那些含苞待放的蓓蕾，更有所期待。良以文藝之事，在個人，重獨造，在群體，講潮流，個人的獨造，最好站在時代潮流的第一波，領著第二波、第三波，齊頭並進，勢如錢塘江潮，有萬馬奔騰的壯觀。打仗，要打實力，更要打兵源，軍中文藝亦然，我們欣幸今天有此斐然可觀的展覽，還要透視作品背面那些無盡的後繼力量！必如是，軍中文藝才會長成四時不謝之花，隨著時代的進展，枝繁葉茂，根強榦壯，在文學界藝術界，也佔一席應得的地位。

軍人的文藝作品，似乎受「傳統」的限制不大，即令有之，那股強勁的創造力，也能不顧一切，把它衝破。前幾年，人們在展覽中，看見過用毛筆畫的戰場，其中人物，全是現代化的軍隊。我們的畫家，慣畫古代的隱士高人，筆觸不敢伸到自己所處的時代。倘如這是一個缺憾，已由軍中藝術家填補起來。

「行有餘力，則以學文」。我們的三軍，以餘力創作的文藝，成績是美不勝收，他們千錘百鍊的戰爭藝術，還能不十倍百倍於此嗎？

五十一年十月二十九日

稿費標準

世間最不長進的東西，大約就是稿費了。目前一般的稿費標準，還是三十八、九年間訂的，一直牢守原盤，即令偶有變動，也是因人而動，因文而動，動了一下，仍然落到原盤上。

算稿費，以字數為單位，每一千字若干元，本來就不大合理，如果再除去空白，剔去標點，所餘已無幾。好在這種算法，畢竟行之者甚少，或者根本是說說好玩的，故稿費雖低，而計算並不刻薄，這一點倒也值得欣慰。

以字數計酬，好處是有了一個計算的標準，計算起來方便，尤其是稿費要發得快，非有這麼一個標準不可；倘失其所憑依，開稿費單，無從下筆，核發稿費，不能蓋章，不知要生出多少麻煩。同時，編列預算，只有從字數的估計著手，據以編列的數字，方不致離事實過遠，而影響到預算的經費。所以，按字數計酬，雖不合理，但其根株牽連甚廣，輕易變動不得。

因為按字計酬，僅顧到作品的量，未能顧到作品的質，不免有明珠與魚目同價的時候，無論如何，是應該設法補救的。補救之道，便是於按字計酬之外，再加一個標準——按篇計酬，那就可以兼顧作品的質了。不過，所謂「篇」意義不像「字」那般確定，詩一首叫篇：文一篇也叫篇，短篇叫篇，長篇也叫篇。若執一以繩百，一個二十萬字的長篇，以一千元一篇計，作者定會不同意的，所以又得改用字數為標準。以篇為標準，只適用於短稿，這又是它的短處。對於長篇，倘須質量兼顧，惟有一法，就是照原來的字數標準，酌量提高若干。

檢討至此，可知按字計酬仍須作為基本的標準，而輔以按篇計酬，則短小精悍之作，可以得到比較合理的報酬，或足以鼓勵「士」氣，向短稿方面舉步。

最難計算的稿費，莫過詩，無論以字計、以行計、以篇計，皆不滿人意，標準也就非常難定。有人說，「詩是無價的」，既然付不起無價的稿費，那就乾脆不付了。這是笑談，卻正好借來說明稿費標準之難定。

五十一年四月八日

抄襲與模倣

編刊物的都有一種痛苦的經驗，一不小心，難免不用人家用過而被抄來的稿子。第二天登出來，經人指出，真是難以為情。悲憤之餘，只有怪自己平日涉獵不廣，記性不佳，以致上這樣的當。

抄的東西，因為曾經發表過——那就是說，它那裡面一定包含若干素質，正合發表的要求，倘改頭換面送來，自然一拍即合。這差不多是防不勝防的，不管是誰，不管有多好的記性，總有被吃癟的時候。

但這只是說在編輯桌上，可以逃過一二人的耳目，而一個刊物的讀者眾多，殆與以天下之耳聽，以天下之目視，不相上下，所以抄來之文，早晨刊出，晚上已有信來指明其來歷；有時這位揭發者，正是那篇作品的作者或譯者，更連原件一同寄來。比對之下，二者可不是一而二、二是一的東西嗎？這時真無地自容，倘如抄文的朋友，明白編輯的內情，明白讀者中有伏虎潛龍，有以舉發為己任者，抄的技術再巧妙，無所逃於天地，自會戢止其發表的野心，改走一條正路。

刊物對於抄襲之文，所採的處置有二：一是扣發稿費，二是把檢舉的信，寄給抄文之人，促其反省；當然還得寫一封信給檢舉者，表示謝意。雖是如此，刊物被它糟蹋這一下子，已成白璧之玷，永遠蒙不潔了。

模倣，在人類社會中是一種很關緊要的社會行為，即在文藝圈裡，它也是走向創作的大道，所謂「擬古」或「擬」什麼之作，並不是見不得人的事情。但抄襲與模倣有別：抄襲是偷天換日，據人有為己有，不尊重別人的權利；模倣是脫胎換骨，對人有崇敬之心，特愛其作品，學其腔調，以資鍛鍊而已。抄襲是不光明的翻版，模倣是帶有創造性的學習，一旦有了根基，即可邁過臨摹的過程，獨抒己意，這卻是抄襲者夢想不到的。

文藝作品，好歹要有一個「我」在裡面，情趣，必須是「我」的，意境，必須是「我」的，其他一切，無一樣不是「我」的，作品才有個性，才有特色，才能在建造文藝之宮時，添上一沙一石。抄襲絕對沒有「我」的影子，幹一輩子下來，連模倣的階段都沒有爬過，吃大虧的到底是自己。

五十一年四月一日

第六年

副刊是讀者、作者、編者，抓住時代性、民族性、地域性所協同合作辦成的。編者處於「瓶頸」地位，其信守的原則，在一個「通」字——左手從作者那裡拿進來的稿件，右手向讀者遞去，要暢通無阻，使心靈交流，庶幾可望奠基於深廣的基礎上。所以辦副刊如包伙食，雖是青菜豆腐，粗茶淡飯，而色香味一樣不少，又富滋養，吃來自然合衛生，對胃口，有益於健康。倘能如此，牙祭儘可不打。

本刊從民國五十年八月一日擴版以來，忽忽五易寒暑，今進入第六年，其可得而言者，惟「平」而已，惟「實」而已，惟「通」而已。

所謂時代性，實由於副刊為報紙一分枝，必須與時推移，才不落伍。因此，一切陳腐的調子，都得放下，即令是談古的作品，亦須予以時代的意義，作新的評價，始有價值。本刊以時代潮流所捲起的波濤為起伏，激盪未已，乘時變化，不拘一格，表面上看來，內容甚為複雜，而按之實際，仍有線索可循。

文藝必須以民族的情感為基調，從而加以發揮，使民族性得以發皇，而後有特色可言。世界上沒有一部創作，不是發抒民族情感而能立住腳跟的。基於這點體認，本刊五年來，雖有翻譯，卻非主幹，以便騰出更多的篇幅，供創作嶄新的中國本位的作品之用，就是這個緣故。地域性的重要，在將時代性與民族性納入相當的範圍，按著一定的尺寸，把作品塑造成合乎此時此地的需要。凡是合乎需要的作品，談起時代性和民族性來，便有著落。關於這一點，無論自覺運動、我的座右銘，以及最近伐敵誅奸的文章，皆與此時此地的需要相合，可為明證。

本刊經多年的苦心經營，集合社內社外的智慧，已形成投稿的第一志願。由於來稿過多，取稿不得不苛，但大門始終是洞開的，五年以來，新的作者以千計，幾乎每天都有新人。單以「我的座右銘」的作者而論，差不多都是一人一篇，很少重複的，已有三百餘人。這種民主精神，正與時代潮流相應，過去行得通，且行之有效，今後本刊的動向，仍當因時制宜，以期得當。我們是為讀者作者服務的，請大家隨時指教！

五十六年八月一日

供稿中心

前兩天各報副刊編者座談，廣泛交換意見，對於培養文藝的新軍，雖溢出副刊編者的職責，仍引起大家的興趣；意見比較集中的，另有作品的出路問題，大家好像有許多話要說，因時間迫促，只得咽住留待下次再說了。

問題雖是兩個，儘可當做一個大問題的前半和後半合併起來觀察。因為作品若無出路，現有的作家，尚且不免有人困於生活；新作家的加多，還要使問題擴大，益發不易解決。作家的作品若有出路，有到處受歡迎的聲勢，繼起者見賢思齊，亦步亦趨，必能匯為洪流巨浸，壯大我們的文的陣容，筆的隊伍，然後一切作為，不致落空，更不致在解決問題的中途，再造一個更棘手的問題。

無論培植新作者，獎勵老作家，很容易使我們想到文藝獎金的設置。當然，文藝獎金的得主，可以名利雙收，不僅對後勁是一大鼓舞，對得主的生活，亦不無小補，但獎金的款額有限，標準過高，則非有戛戛獨造之能者不敢存奢望，往往是錦上添花；過低，則兼顧了利益均霑，而所得無幾，於事無補，難收「重賞之下，必有勇夫」的功效。且獎金無固定的財源，而要作純消費的長期的支出，差不多是無源之水，後繼為難。所以獎金制度，消極的意味長，未必能對問題從根本上求得解決。

想來想去，還是作家們自己的筆最為可靠。倘有關機關和作家們合作，組織一個「文藝作品供應中心」，仿照外國資料供應社的辦法，從作家那裡把文稿買來，轉售給報紙雜誌，並向海外僑刊推廣，酌量收費。每個地方，不管國內國外，限定一家採用，便不會雷同；而由幾家分擔稿費，稿費縱然很低，仍可得到第一流的稿件，此在僑報僑刊，當是求之不得的。另一方面，供稿中心還可接受訂戶的委託，作獨家的服務，以適應其個別的特殊需要。這樣，作品有了出路，同時開拓了投稿市場，需要增大，作家的筆無停時，問題便溶化在墨水裡面了。

實行這個辦法，錢還是不可少，好在這筆錢是將本求利的母金，只要供稿中心辦得好，錢就在那裡循環往復的流轉，可望轉出一個屬於作家們自己的事業來。

五十六年三月二日

文藝工作

文藝工作，可以說好做，也可以說不好做。

我們的國策既確定不移，旗幟鮮明，方向正確，目標遠大，一部三民主義，包孕著一個新中國，復有領袖的耳提面命，試問那一個國家的文藝界，有這樣深厚的憑藉呢？所以說，文藝工作好做。

然而，我們有目標，無辦法，口號的呼喊多於實際的踐履；有團體，無組織，個人的表現多於群體的成就。在政府機關，文藝工作，有好幾個單位都管得著，而真正負責推動領導的，卻又虛懸。談起文藝來，人人有話說，內行很多，而把文藝當一件工作做，欲求一心中有理想、手上有辦法者，急切中實難指數。所以說，文藝工作不好做。

文藝界雖是各幹各的，對於戰鬥文藝倒是目標一致。此或由於討論的時間久長，醞釀的意念成熟，有以使然。現在剩下來的問題，在把十多年討論的結論，如何用筆表達出來。因為惟有作品是戰鬥的作品，文藝才成其為戰鬥的文藝，空言無補實用，我們只希望各人所說的話兌現。

戰鬥不是一時一地的，因此，在過去，我們對紅、黃、黑、灰的作品，雖曾大張撻伐，使文藝顯示出戰鬥的功能，壓制了那些含有毒素的東西。但那只是一個戰役，不是一場戰爭。戰鬥文藝配合國策的進行，必須全面化，長期化，直至勝利之日，始得暫息仔肩。我們文藝界，任重道遠，不得不勉！

猛勇精進與運籌帷幄，在戰鬥裡居於同等重要的地位。其見於文藝者，則文筆的犀利，乃觀察深刻，思想精純的結果，故研究發展實為幹文藝工作的必要條件。文藝的根源在思想，文藝的命脈在感情，這兩樣，殊非粗糙的東西可比，可以隨喚隨到，卻全靠平日的進修與培養。我們與其把文藝工作看得太易，不如看得很難，才肯多用心思，發現問題，想出辦法，付之實行，行而有效，這才配稱為文藝工作。

說穿了，文藝不過是一場空話，但它今天在大陸上變成了清算鬥爭的利器，力量之大，出乎大家的想像。我們手裡握著的筆，力量正不可估計，時機已成熟，請大家動員戰鬥的筆，寫戰鬥的文藝吧！

五十五年六月七日

識得一字

由四日到十一日，在連載朱夜先生「彴約」的八天中，讀者時有來信，稱讚其文字之美或意境之高，也有單單為了一個「彴」字，不知如何發音而寫信來問的。作者寫稿的時候，估量這個字會發生問題，特別有「作者附註」，我們也有同感，所以提前於第一天把「附註」刊出，但仍然有人忽略了，現在無妨再將「附註」照錄一回：彴，讀如雹，流星，或謂奔星，我國北方俗稱「彴約」。

「彴」字，假如僅偶見於文中，由於心理上的惰性，大概不能擺脫「得過且過」的窠臼：如今成了一篇作品的題目，而又引起了注意，不能不談到它；要談到它卻發不出音來，這就非求個水落石出不可。為了這個字，不論是自己查字典，或者向人請教，那種求知的精神，同是值得稱道的。我相信因有這一周折而認識「彴」字的人，當不在少數。

單字的重要，誰都知道得很清楚，但我們一生中用在識字上的工夫，總是虎頭蛇尾的居多。因此，字典成了我們最先拋棄的包袱，而也最先失了一樣有力的憑藉！我們總認為，一兩個字不認識，並無傷於博雅；頂多頂多，一兩個無關宏旨的字，即令不認識，也不過是癬疥之疾，不值得大驚小怪。

誠然，一兩個字不值得過分認真，但這種馬馬虎虎的做法，會養成一種惡劣的習慣——用字不落實，往往以臆度替代探究，凡事皆想其當然，實則連當然都不是，只是自己希望它具備的義蘊符合我的願望而已。可是，字是最不聽話的，誰要用它，就得先了解它；不知它而用它，就要暴露自己的淺薄與無知。

對於一個字，至少要將它的音、形、義三方面搞清楚，而且至少知道一種正確的用法；及至運用純熟，還要練習其他的用法，庶幾得其奧妙。比如說，「能」字你會用了，再讀到「乾坤能大，算蛟龍豈是池中之物」，知此「能」字正和「箇」字相當，而知四川話的「能樣」，湖南話的「箇樣」，都是「這樣」的意思。中國字少而含義極富，不然，怎會寫出無窮的妙趣呢？識字是一個長遠的目標，欲致力於寫作，千萬不能小視單字；也是我們早年負下的一筆債，到頭來終歸是要償付的。

五十三年元月十七日

悼念之作

文藝是反映人生的，婚喪喜慶的哀樂之情，時常成為寫作的題材，同時構成寫作的推動力，毋寧說是當然的。這類作品，歸入應用文範圍，專習的人既少，如今已講究不得許多了，似乎正在變化中。

哀悼的作品，如果意在應付場面，則有現成的東西，可資採用；再不然，委託「王大吉」也可辦的妥貼。雖說這條路子簡便可行，而用之交情深厚的人，借人家的詞句，來表達自己的哀思，總覺隔了一層，不是味道。哀悼的作品，那怕只有四個字，或者一付輓聯，要做到情真意摯，實非第一等能手莫辦。所以古來的大手筆，只留下少數的作品，還能打動我們的心坎，供我們模倣。

輓聯之類的作品，須以詩為基礎，現在能詩的人已少，詩的副產品——輓聯，也就快成絕響了。但我們能因不會做輓聯就不表達哀思了麼？去年胡適之先生死，曾見許多白話輓聯，還加上標點符號；昨天詩人覃子豪之喪，又見許多悼念的新詩，都不失為新的紀念方式。看目前的趨勢，將來用白話表達悼念之意的作品，在大家捨棄老路不走之後，定會發達起來。

用白話寫的悼念作品，以我們曾經讀過的來說，模倣的對象，大致不出〈祭十二郎文〉、〈先妣事略〉、和〈祭妹文〉。除了感到韓愈、歸有光、袁枚的文章，感動過很多人外，亦可想見一般人的感情是如何貧乏，或者說，表達感情的技巧是如何的貧乏！哭，是一件大事，尤其是男子漢大丈夫，不能隨便垂淚，試問這麼一件大事，而用古人的腔調哭出來，死者有知，能不啼笑皆非嗎？

上述三文，各有各的對象，各有各的處境，雖然同是流淚，各人的哭法不同，那腔調、那哀痛，是從他們個別的情境中產生出來的，一點假借不得。文章貴有個性，雖一顰一笑，也馬虎不得！

悼念之作，不得已而出於模倣古人，或者是今人的範作不多，大家沒有憑依。這類文字，在白話的應用文裡，又沒有「專業化」，請不到「代書」，事到臨頭，勉強成文，自難滿意。好在這是開始，還在嘗試階段，不能過事吹求。

五十二年十月十六日

談預約

出書，例有預約。這無異為書的前途，占了一卦，休咎即繫於此，算得一件大事。

預約很好玩，當出一本書，訂了辦法，登了廣告，專等預約者來臨。預約不論是親自登門，抑是劃撥匯款，有一人來，立刻露出一線曙光；有十百人相繼而來，更閃現一片光明，叫人滿心歡喜，樂於把預約者當作知音看待。書為商品之一，出書不諱言要求賺錢，但書是文化商品，須於賺錢之外，有稍為高遠的目標，才有意義。所以，倘能懸「薄利傾銷」為政策，做到「皆大歡喜」的地步，較合理想。

實際上，預約所走的正是「薄利傾銷」的道路。通常的預約價僅當訂價的六七成，再加郵費等開支，更接近半價。出書者甘願削碼求售，一在「求現」——「多得不如少得，少得不如現得」；一在少受一層剝削——與其讓人中飽，不如讓讀者享受一點利益。就利言利，預約為著作人與讀者之間交相利的買賣，是值得推動的。

「求現」很重要，因為出書不簡單，對於紙張印刷，都要在短期內作整批的支出，而書出版之後，即令銷路暢旺，也是零星的收入，不僅有杯水車薪之苦，且有遠水近火之虞，周轉不靈，痛苦不堪言狀，不能不作妥善的安排。出書並非十全十美的事情，最好慎重將事。

預約書，有利可圖，而於書的訂價高昂者，特別顯明。不過預約者，在付了書款之後，要等待一段時間，非有耐性，吃不來這份數日子的苦頭。有些喜歡乾脆的朋友，願意右手付錢，左手取書，圖個乾淨俐落，對於預約，興致不高，有些朋友，讀一本書，非經三數人在不同的場合推許，不願閱讀。他們不在乎鈔票，卻怕上廣告的當，買了不值一讀的書來讀，浪費時間，未免可惜。

這回《我的座右銘》出版，發行預約，數額超過九千，突破了自由中國的紀錄。其聲勢所及，使書在印刷中途，一再加印；書還未出廠，已經賺了。我們應該說，這是一個特例，若無本報廣大的發行網為其有力的後盾，若無一百枝筆編織其樸美的質地，恐怕不可能做到這一步。

五十五年四月四日

談精裝

此次《我的座右銘》出版，預約期間，發生一個特殊的現象：數逾九千，固甚可觀；精裝多於平裝，尤屬少見。九千冊以上的預約，說明讀書風氣的普遍展開，大家喜歡精裝書，表示對於書有相當深的愛好。這都是很難得的，今一旦見之，能不刮目相看？

現在的書，置之案頭或藏之櫃中，總是直立的居多，取閱或還原稱便。要書直立，則線裝不如平裝，平裝不如精裝。精裝與眾不同之處，全在那層厚殼，一方面為薄薄的紙頁裝一層甲，善盡保護之責，一方面為厚厚的書本加一根背脊，俾能直立而不欹。精裝書好像西裝少年，雄姿英發，顧盼自豪，予人一股生氣，難怪大家都喜歡。

書籍演進的情形，還昭昭在人心目。記得出版業不發達的時候，買一本書好難，有一本於願已足，何暇計較精裝平裝？那時的書，為減低成本，多用劃紅線的新聞紙印刷，紙張既不考究，裝訂遂可從簡，而社會動盪不安，精神生活徘徊在可有可無之間，書不足以繫心，曾幾何時，社會安定下來，復由安定趨於繁榮，出版業、印刷業，與百業同時並興，無論紙張、排印、裝訂、版式，皆有長足進步，而大家在豐衣足食之餘，苟包比以前硬，從前只求「有」，現在要求「好」了。現代的文明，指標是朝著「舒適」、「華美」的。試看許多住宅，籐椅為沙發所取代，沙發又為柚木家具所取代，正是沿著這個方向發展；在書的世界裡，也不難窺知精裝壓倒平裝的消息。

讀書人既有偏愛精裝的傾向，可惜裝訂的技術跟不上時代的要求。若與東洋西洋比較，我們的精裝，真是虛有其表，徒有其名。背脊強硬，展卷困難；書覿大略，又見摺疊未對齊，裝訂不合縫，甚至書頁前後錯放，上下倒置，不一而足。裝訂為出書最後的步驟，卻成了最脆弱的一環，使前此的一切努力，完全落空，實在可惜。若不及時改進，而一味貪圖便宜，競用童工，草率了事，別說精裝，就是平裝也不合要求，將使出版業受到拖累。

五十五年四月九日

階梯性

偶然想起「階梯性」這個詞，信口道出，覺得發揮一下，還可以說明副刊的性能，而且大致說得通，今試說之，雖未必能達到圓滿的境地。

副刊要衡文取稿，不能不懸一標準，而所謂標準也者，不可刻意鳴高，自外於作者與讀者。副刊的作者，固然有老作家、名作家，或知名之士、飽學之士，但也有一部分是新崛起的人物，寫作的興趣正濃，寫作的技巧欠熟，被取和被退的機會，一半對一半。標準太高，把副刊辦成文學專刊，使這些人不能出頭，編者勢必自討苦吃。所以副刊的標準，僅能適可而止，如能穩取生動有趣、簡勁明朗的作品，於意已足，不必篇篇求其為傑作。

由於這個緣故，不夠標準的稿件，固在摒去之列；那些超過標準的稿件，艱深難懂的，冷僻寡味的，雖文筆優美，亦在所不取。因此，所謂標準，要以一般作者的能力所允許的限度為極限，同時以讀者所能吸收的程度為依歸，才算得恰到好處。

排斥了兩個極端，所應注意的「火候」，便是「允執厥中」，隨著時代潮流的進展，把標準調整到一個不高不低的點上，俾進退得宜。標準既在一定的幅度之內，則作者與讀者之趨於接近，當然毫無疑義。由這個事實看來，現在的作者是生活在讀者之中，而非浮在讀者之上，亦殊顯然。讀者既與作者相接相近，其間的層次，不甚分明，讀者變為作者，或者說，讀者有變成作者的可能，像爬階梯一樣，是一點也不勉強的。

副刊的功能，無形中在實行一種「學徒制」，老的帶著少的，大的帶著小的，熟的帶著生的，巧的帶著拙的，向著一個固定的方向，一步一步往前進，後浪推前浪，新人逐舊人，形成一個日夕求進步的人群，稿源乃得以不斷。這樣一來，副刊不僅消極地供應作品，更積極地予作者成長的機會，蔚為一時的文風，推進一代的文運。副刊含有階梯性，一篇之內有深淺，一天之內有等級，既予人以可望，復令人覺得可即，寫寫稿子，不算狂妄，遭了退稿，不算羞恥，嘗試成功，永符真理，自強不息者，皆可及鋒而試，自躋於作者之林。

五十五年三月十五日

女作家

女作家有她們自己的團體，人數不能算少，而其組成分子，具有文藝興趣者，大於寫作能力成熟者，所以真正的女作家，不過數十人而已。如果看了這個數字，遽抱悲觀，那就要吃觀察不周的惡果。

在文藝界，半世紀來，婦女受到的待遇，有些和選舉中的保障名額相類似，說尊重，不大像，說平等，也不大像，話很難說，總歸有點不正常就是了。若她們有了成就，便在櫥窗陳列出來，供人欣賞，大家對它，多是另眼相看，神秘感緣之而生，遂有善動歪腦筋的人，用香豔的筆名，偽裝女性，恃為文壇登龍之術。這種令人作嘔的行徑，居然大行其道，延至近年始行斂跡。

真正的女作家，立住了腳跟之後，一方面澄清文藝界的氣氛，一方面為未來的女作家開拓了前程。她們站在時代潮流的浪頭上，帶領著一批後備隊，天天在成長中，有呼之欲出之勢，我們不能忽略。

從前的大專學校，若干學系的女生，僅有三數人點綴其間，予人以聊勝於無之感，今則情勢逆轉，竟使男生處於女生原處的地位。教育機會的平等，大專女生的人數，乃得在短短的十數年中，增加了二百六十四倍。一般的情形如此，發展已夠驚人，卻還有四所女子專科學校，為她們所獨佔，則女生所佔的優勢，不言可喻。

長期發展科學，把男生吸引到理工方面去了，女生不能說對理工完全沒有志趣，而天性所在，大都致力於人文的研習。她們有更多的時間讀書，在文字方面用工夫，益以感情的豐富，表現的含蓄，比較言之，皆與文藝相近。大專女生的人數增加，固然未必個個拿起敲門磚，敲文藝之門，但其中若干人，無論有心或者無意，會走上文藝的道路，一如今天的女作家前此之所為者，可能性在加大。此由投稿者中，女性作者的潛滋暗長，已露出了端倪，更可信其變成事實，為期已不在遠。

女子就學就業的機會，和男子立於平分秋色的地位，一切都有她們的份，文藝特其一端耳，只要她們願意，她們要當女作家是做得到的。

五十四年十一月十日

文字緣

林秀春和小林禮子，將於明日在花蓮結婚。這對異國鴛鴦，結的是文字緣，別有一段佳話。林秀春以「臺灣消防隊員不怕火，不怕狂風暴雨與洪流」為題，用日文寫一篇報導，登在東京《家之光》雜誌上，受到日本青年男女的好評，小林禮子即其中之一。一個作者，一個讀者，經過三年通信，有情人終成眷屬，對於致力寫作的青年朋友，實為一大鼓勵。

由這條新聞，使我想起一段往事。本市古亭區有一家人，小姐愛上一位男士，而其父嫌他「沒有學問」，堅持不准。後來有一天，小姐拿著一張副刊，指著裡面一篇短文對她父親說，這是那個「沒有學問」的人的大作。父親說：「嗯，這倒不簡單，婚事可以考慮」，他們就結婚了。

在副刊上發表文章，讀者眾多，反應也是千奇百怪的。有的讀者，喜歡寫信給作者，我們一律代轉，有的在給女作者的信中竟表示其愛慕之意，禮貌上說不過去，我們知道以後，真難以為情，所以實行「書信檢查」，如發現不妥的地方，不再轉去；但如果穩知寫信者為女性，而收件人為男子，責任不大，仍然照轉。那些信，文情並茂者不少，可惜不能發表，否則，世間不乏「讀者的讀者」。

文藝作品，為有情之物，具有打動心坎的魔力；文藝作品的讀者，對文藝的愛好，既偏且深，亦易受感動。好的作品，包含著情書的素質，其訴求力甚強，有迫人不得不聽從之力，不得不信服之勢。普通的情書，以一對一，只是「一人敵」，好的文藝作品，以一對萬，乃是「萬人敵」，其勢銳不可當，而又有持續的力量，自然是「莫之能禦也」的。

作者一般的弱點，便是非常喜歡人家談他的作品，只要你稱讚他的文章寫得呱呱叫，要他把心挖出來給你都不難。這就為讀者開了一道方便之門，而這道門正靠近他的心扉，你如有本事，步步深入，則心扉為你而開，只是時間問題。當然，文字結緣，變成夫婦的只有一個機會，而變成朋友的，可以多到無數。你如果做了作家的朋友，做他的忠實讀者，那麼，在他有新書出版的時候，他一定會送你一本，你就不必預約了。

從前，讀書人的理想是點狀元、招駙馬；現在，有文章發表，再得一個紅粉知音，白頭偕老，也算得三生有幸了。

五十五年十一月三十日

脫節

《三十年代文藝論叢》出版以後，一位年輕的女作家來信說，像她們三十歲以下的人，對於三十年代那些作品和作家，從前聽都沒有聽說過，自然非常隔膜。這話說的是實情，因為大陸淪陷了十幾年，在文藝方面也脫節了十幾年，中年人久不彈此調，已經逐漸淡忘，年輕人不知其人，不讀其書，如何會有興趣？

至此，我們發稿，遭遇了一個「兩難」的問題：到底是發還是不發？發，如上所述，年輕的讀者，摸不著頭腦；不發，今天已經摸不著邊際，再含糊下去，將來更加莫測高深，裂口當越大。權衡的結果，還是發的好，因為必須這樣，隔膜才會打破，脫節的地方也才接合得起來。這一點如果做不到，對於「文化大革命」的來龍去脈，即無從了解；再說，《三十年代文藝論叢》，居然能銷三千餘冊，正好說明這方面的作品，還是沒有受讀者的冷落。

吳晗的《海瑞罷官》，有人翻印出售，贊成與否，論調不一；又有人主張把三十年代的作品，包括文藝的和學術的，選擇一些純正的出來，作有計劃地翻印，供青年們閱讀。這個意見，似乎比翻印《海瑞罷官》要好些。吳晗不管怎樣說，總是偽官，《海瑞罷官》，不管怎樣為民請命，讓它在這裡流傳，只怕嫌早了一點。至於三十年代的作品，是在國民政府統治下寫的印的，除了別具用心的而外，的確不乏好作品。——好作品是民族文化培養成功的，將來也必構成民族文化的一部分。在今天，好書不夠多的今天，我們似乎應該找一個機會，重讀那些好作品。

事實上，從前有些書，在把作者改名換姓（或無名無姓）之後，仍在坊間流行，追問起來，還是高等學府影印的。可見學校有此需要，社會也有此需要，大家裝聾作啞，心裡有數就是了。翻印的這一類書，確是好的居多，而且好到這裡沒有一本書能替代它，如馮友蘭的《中國哲學史》，至少有兩處翻印他的，便是這種情形。

我們的文藝在進步中，我們要更進步，惟有讀到好作品，才有進步的可能。我們別忘一個事實：現在居於「領導」地位的文藝工作者，都是吃這種奶水長大的！

五十五年十一月二十一日

贈書的體驗

近幾年來，為公家編書，為自己出書，一連好幾次，我都有機會忙一陣子，把書贈給朋友。這是一件樂事，也是一件苦事。出書的人越來越多，在這裡談談我的甘苦，想來也有人起共鳴作用吧！

出書如辦喜事，辦喜事的第一要件，便是向親友發請柬，請喜酒；出書呢，也得開列名單，或持贈或寄贈，用意僅在報喜，而所得的稱道，亦與辦喜事同。但出書沒有辦喜事那樣鋪張，如果不賠本的話，沒有辦喜事那樣破費，好日子過得久，細品慢嚼，意味正長。

贈書，手鬆如我者，每次所贈，無論公私，皆不在少數，奇怪的是，無論當初的名單開得如何周密，贈書贈到最後，總還有一個還沒有奉送。

愛書的朋友，由於書價不算太高，買書都是買得起的，而對於我編的書或我寫的書，卻有等著我送的。理由很簡單，不是因為他們不肯破鈔，而是要享受那點贈書的光榮。所以，一本書的編者或作者，能以書分贈親友，受者會感到榮幸，這幾乎是一種普遍心理，出書的先生或女士，手面無妨慷慨些，最好的辦法是將贈書的開支，列入印書的成本，或在「宣傳費」項下開支亦可。的確，一本書倘真能使諸親好友，除了感到光榮之外，還感到興趣，他們代為吹噓，廣為宣傳是沒有問題的。

中國的印刷，還不曾標準化，出品有好有壞，因此，在持書贈人時，必須檢視一下，別把壞書——脫頁的、印髒的、摺歪的、模糊的——贈人。須知，所贈的書是一個「樣品」，是一樣「人情」，都要金甌無缺，才見得人；千萬別存這種心理：反正是送人，是賠本生意，把壞書送掉一本算一本。如果這樣，寧可不送人，倒還不得罪朋友，也沒有為自己的書作反宣傳。因小失大，弄巧成拙，只由一個吝嗇之念而起。壞書在這個世界上是沒有地位的，惟一的辦法，便是一火而焚之！

在我的工作崗位上，既有機會贈書，更多機會接受贈書，覺得好玩得很，卻也不可隨便玩。書，原是心靈的產物，又高貴又奢侈，在授受之間，最當審慎。

五十六年五月二十六日

現身說法

本刊從八月四日起，開始採用「家庭問題」的稿件。五個星期來，差不多每天都選刊一篇或兩篇。由於來稿的踴躍，足證這是很多人都感興趣的事情；而我們的稿源取給於此，正把井眼開在活水源頭上，將永不枯竭。

婦女和家庭的刊物，為數不少，歷史也久，時常提出許多問題。惜乎那種問題，多半談得太大，僅作原則性的討論，雖則放之四海而皆準，搬進家庭，按之實際，卻是空空洞洞，殊少裨益。本刊所刊的稿件，有事實為經，有經驗為緯，執筆人都是「我筆寫我口」，幾於字字有來歷，平易近人，篤實光輝，頗能引人。

這一個多月中，看了不少稿子，發現一個事實：很多婦女讀者，動起筆桿來，能夠搖曳生姿，並不像她們自己想像的那樣缺乏文理。因想及來臺十多年，許多人耽讀書刊，心裡已蓄滿可寫的資料，碰著切身的問題，有話可說，寫來自有可觀。讀者有的進而為作者，有的做了作者的後備軍，可見這些年來，人智的增進，正隨著社會的安定與繁榮，亦步亦趨。辦刊物者，受著讀者水準提高的驅迫，就像小孩子逐年長大的軀幹，不得不縫製新衣一樣，也要把水準提高，以適應新的情勢。

以寫作為家庭主婦的副業，該是合乎理想的一種了。第一，它不受時間空間的限制，就是足不出戶，也可以文稿換取零用；第二，閱讀與寫作，除了當作一種高雅的消遣，更與文藝修養扣合，無論欣賞能力或寫作能力，皆可在長期的薰染中養成，習之既久，一點會心，頓成妙悟，其結果有非始料所及者。所以有好幾位女作者，其處女作經發表後，來函致謝，都掩不住那發自心靈深處的喜悅。

家庭問題，零零碎碎，瑣瑣屑屑，要說的津津有味，頭頭是道，殊非易事。有些人把這件事情看得太容易了，拿起筆來就往下寫，連篇累牘，抓不住問題的要領。寫身邊瑣事，切忌俗套，雖說「家家有本難唸的經」，而唸法各有巧妙。如何化零為整，化俗為雅，將所談的問題，活鮮鮮地擺在讀者面前，讓他們和她們分享你的酸甜苦辣，才是你現身說法所追求的目標！

本刊新闢的「家庭問題」專欄，無形中取代了一個長篇小說。每讀清新可喜的篇章，不禁記起兩句詩：「問渠那得清如許？為有源頭活水來。」真的，這正是一個活問題呵！

五十二年九月九日

去年今日

去年今日，自覺運動，光芒初露，即予人以清新的觀感。猶憶此風暴由平地捲起時，人們對它的態度是始而疑，既而喜，乃從而贊成之。不管是個人或集體，不管是報紙或電臺，都支持之不遺餘力，情況之熱烈，完全發自內心，所流露的民心士氣，允為反攻復國一大保證。

然而，自覺運動並沒有成功！

自覺運動雖因本刊的兩篇文章引起，實由於學生的反應強烈而普遍，得到社會各階層的響應，有以致之。自覺運動剛剛萌芽，作為其推動主力的學生，適逢期中考試，隨著又要全心全靈應付大考，無法分身來繼續努力；及漫長的暑假開始，自覺運動遂不得不隨著中斷。所以自覺運動生不逢辰，就隱含著它的聲光不能遠被的因子。

其次，自覺運動是一種自動自發的覺醒，有賴於每一個人的大徹大悟。這種看法，當時差不多是一致的，因而誰也不肯輕舉妄動，只靜靜地作密切的觀察，寄予無限的同情，不能出面奔走呼號，因勢乘便，從旁助長其波瀾，壯大其聲勢。無論在朝在野，都抱這種態度，不意期於自覺運動自動自發者，竟近於聽任其自生自滅。

暑假以後，學生回到學校，重新拾起自覺運動的餘緒，賈其餘勇，作捲土重來的努力。這回的推動，有兩個特色：一則由無組織變為有組織，二則由無意識變為有意識。但自覺運動推行委員會，自成立之日起，已面臨一個覆水難收的局面，雖有大力，無所復施。這不是推行委員會的負責學生，能力不夠，火力不足，而是因為一個活的運動，殊非死的工作，一點勁都閃不得。我們大家沒有打鐵趁熱的靈活手腕，遂令良機坐失，徒添懊惱！

對一個副刊來說，像自覺運動這樣規模的情勢，從來很少遭遇過。本刊去年適逢其會，獲得這種不平常的經驗，已使世人認識一個事實，就是副刊的功能，並不限定在提供文藝性讀材的範圍之內，而促進副刊向前邁進一步。單憑這一點，本刊所得於自覺運動者，已經很多了。

五十三年五月二十日

書價

一家書店，發行集刊，因為預約數量激增，印書成本減輕，特別登出緊急啟事，請預約者憑收據退書款。此非商業宣傳所玩的花樣，而是一個事實——最後要掏出鈔票來還人家，那是一點不假的。

時常逛書店，買書來讀的人，對於書價，總是嫌它太貴，而且有些書，簡直貴到令人咋舌，不敢問津的地步。書本無價，但要看是什麼版本的書，倘以書價之高，作為書的價值之大的標準，那是著作人自高位置，而未嘗為讀書人的荷包設想；此外，追求暴利的心理，抱著「三年不開張，開張吃三年」的生意經，也非把書價提高，不能達到目的。至於漫天開價，以便經手人的中飽，本來就存心不良，更不足道了。

由於教育的普及，書籍的需要乃大為殷切。書商經營書業，要改變老式的觀念，庶幾隨著時代的潮流，走上一條坦途。由於社會需要大量的書籍，經營的方式，必須採行

「薄利傾銷」的方針。從前美國的出版商，出一種袖珍本的書籍，每本書只賺一分錢，而發行量往往以數十萬冊乃至百萬冊計，利潤仍然是非常優厚的。所以我們的出版業，要走上健全合理之路，第一須造成讀書的風氣，第二須有廉價的書讀。現在一本書出版，能銷一二千冊，就算不錯，一旦爬升上萬，頓成奇蹟，叫人刮目相看。數量如此低微，顯然「傾銷」的前途，障礙太多，而「薄利」亦無人敢於嘗試。

從歷史的發展觀察，無論報紙、雜誌、書籍，數量都在逐年增加。閱讀的風氣，我們已由贈閱，進步到自動買來閱讀，數十年間，確有極為可觀的進展。而其所以未能盡如人意，則數十年的動盪不安，把我們購買力淘虛了，實為根本原因。我們每月所得，顧了柴米油鹽，即不能兼顧精神食糧。否則的話，訂報刊、買書籍，僅佔收入中一個小小的百分比，以我們的社會，以讀書為貴，以藏書為榮，何至使書業不能飛黃騰達呢？

退款的事情，美國的汽車大王福特曾經做過。當福特提出退款的建議時，為許多股東所反對，而他一心為顧主的利益著想，毅然行之，為福特公司贏得了無上的商譽。在我國一片漲價聲中，突聞退款，確有空谷足音之感，而為大家有便宜書讀稱慶。

五十四年元月十二日

掠人之美

每個編者都有一種難言的痛苦經驗：人家抄襲來的稿子，發表之後，經讀者或原作者指出，會弄得惶恐不安，愧對刊物。但這種痛苦，不因編者的提高警覺，嚴於防範，即可避免，所以一直在困惑之中。

抄襲的作品，被取的可能性很高，而且防不勝防，正是痛苦所在。抄襲來的東西，且別說出自名家之手，就是無名小卒的舊作，由於當初曾經鑑定合格，該改的改過了，該刪的刪過了，無論字數的多少，或者作品的情調，皆合刊載的要求，自然一拍即合。狡計得售，這點儻來的甜頭，費力少而報酬大，足以引誘一個人緣著這條老路往下走。

幹這種掠人之美的工作，名心利欲，衝昏了頭腦，膽大包天，竟有抄襲編者本人之作，而投給編者本人的實例。此猶多生一隻手的人，在竊取他人財物時，膽敢在刑警隊長的頭上動土，令人好笑，也令人氣憤。這種人是聰明人，工於巧取，只是他們的聰明，僅企圖欺騙編者一人，而不能欺騙萬千讀者。他們不想想：抄來的作品，要取得稿費，必須經過發表，而發表之後，有千千萬萬的人閱讀，包括原作者在內。此正所謂「以天下之目視」，如何能逃於天地之間？

好作品，翻印一兩回，原無不可，只是翻印時，改換了姓名，著作的權益受損，實難令人甘於緘默。而且，作品貴乎創新，抄襲之文，沒有增加一點意義，創造一點價值，徒然佔一塊篇幅，擠掉另一篇作品，終屬浪費。

醉心寫作，如果急於求利，熱中成名，誤以抄襲代寫作，那就一無是處，出發點錯了，錯的可能是一輩子。實則玩弄筆頭，其道多方，不一定要抄襲——你如果不會寫作，卻具有欣賞的能力，儘可捨寫作而致力於編輯，編得好，同樣有成就，如吳楚材選輯的《古文觀止》，如蘅塘退士所編選的《唐詩三百首》，兩百餘年來，一直在海內流行，至今未衰，其貢獻亦不亞於創作。

少不更事的文藝迷，出此下策，只是利令智昏，未必存心作惡。我們的見聞所及，知道掠人之美者，圈子比這更大，深究起來，自干未便，還是打住的好。

五十三年十二月九日

印出來就好了

任你是誰，寫作如果等待自然流露，雖非不可能，卻是非常之少的。牛奶可望自然流出，尚且要擠，何況靈感？靈感這種東西，可有可無，你不去找它，它不會來撩你；它撩你時，你沒有本領抓住它，它還是它，你還是你，你和它之間，不會發生關聯，也就是說，你不會產生作品。基於此一體認，我們可以大膽說，「天下文章一大抄」，未必就是真理，「天下文章一大逼」，卻是一點不假的。

現在的文章，比起以前的時代來，數量上要多得多，其中原因，不是我們的聰明才智，高出我們的列祖列宗，而是機械在印刷方面所提供的驅策力，所造成的發表的機會，都是一種無形的力量，時時刻刻在四處逼迫著我們，要把有些意見發表出來，有些感情流露出來。而且，藉筆來抒情達意，就現代的意義來說，依然屬於「名山事業」，但含義已不如前此之嚴重，叫人望而生畏，不敢執筆。有話就講，言滿天下，固然未必語語動人，值得一聽，但只要有一點可採，筆風墨趣，足以引人，就不愁沒有讀者。作者與讀者之間的距離縮短，使我們對於文章不再苛求：因為我們自己也投入了寫作的隊伍，挑剔人家，適所以挑剔自己，做起來有所不便，在心理上要降格以求，期與人群會合，而一以生活為依歸。

小學的學校刊物，把孩子們的習作，都用鉛字排印出來，誰也不能否認那也是出版物，對於小學生來說，同樣具有驅策力和誘導鼓勵的力量。小學如此，中學如此，大學亦如此，這說明印刷方便，作品儘有很多的機會經過脫形改樣以後，漂漂亮亮地拿出來。再怎樣潦草的原稿，印出來總是好看的。好多人送原稿來時，如果寫得太亂，覺得不好意思拿出手，我總說：「印出來就好了，不必介意」。事實上，的確是印出來就好了，不然，那裡會有那麼多人對寫作有興趣呢？

我有充分的被逼的經驗，雖吃盡苦頭，而甘亦隨之，所以時常樂於逼人。人有惰性，能不傷腦筋就不傷腦筋，倘不勉強幾分，聽任許多可以寫成作品的思緒，從眼前飛去，無論對人對己，都是損失。

五十六年六月二十日

青年刊物

那天副刊編者座談會，為青年朋友的作品找出路，曾有創辦青年刊物，發表青年作品的話題。用意甚善，惜尚未獲致結論，將來如何，現在還摸不著邊兒。

青年刊物，在我們現有的雜誌裡面，不能算少；另在報紙的專刊中，也闢有青年的園地，供青年朋友們開拓。然而按之實際，成效總是苦不甚大。這其間，並非主持其事者不肯賣力，或能力有問題，而是這類刊物的性質，限制了它本身，殊少發揮的餘地。

原則上，採用青年的作品來鼓勵青年的寫作，從而磨礪其筆鋒，使文藝的陣營壯大，是非常正確的。編者們不說一句話，而其鼓舞的力量，有時大過耳提面命的教師，便是因為編者們手裡握有發表的機會。作品一經發表，那鼓舞的力量，宛如掀起陡坡上的一塊石頭，滾動起來，勢不可止。別說青年初出茅廬，需要這種鼓勵；連已有成就的文士，也不能說沒有。因為發表是事實的認可和無言的讚美，誰都不能免俗。

青年刊物本身所受的限制，主要的是，主持者心存鼓勵，不僅不能按一定的水準取稿，而且作為政策運用，還要降格以求，俾有更多的人受益。這樣一來，固然鼓勵了作者，卻戕賊了刊物。任何一種出版品，最後都要訴之讀者群，如果受讀者歡迎，銷數好像由春入夏的水銀柱，會一股勁兒往上升，成功就在這上升的數字裡；如果不幸滯銷，刊物沒有出路，那些刊載出來的作品，無形中受到冷淡的待遇，則所謂鼓勵，也就失掉它固有的力量了。所以，用發表來鼓勵寫作，力量縱大，萬不能輕易使用！

另一方面，我們想像得到，青年朋友的作品，不成熟的居多，其能訴之讀者而有叫座力者，百難得一；而其寫作範圍狹窄，生活經驗短缺，縱非千篇一律，也是大同小異。此在其父兄師長，或有一顧的價值，若想借重他們的筆來打動陌生人的心坎，多少還差一點火候。因此，「青年寫青年」，就得從長計議。

作家固靠年長日久的修練，卻也是社會帶大的，讓青年們在社會裡翻幾個觔斗吧，那些爬得起來的，必有成就！

五十一年三月十一日

婦女的志趣

美國社會學家戴維斯，調查忒士州青年婦女的志趣，發現她們最大的志趣，仍為結婚與建立家庭，其次才是選擇護士、祕書、美容師、教師、空中小姐等職業。現在時代一個，天下一家，東西的界線漸泯，婦女的志趣，大約也相差不遠。

不錯，女人總歸是女人，即令時代進步到超核子時代，結婚成家，仍然是她們生活的第一義，而為其生活的主要內容。這種情形，因為是舉世皆然，大家忽略了它的重要性，其實人類的繁昌，全從她們這種志趣中生出，「家齊而後國治」，倘如世間有真正的安定，這安定至少有一半是婦女的貢獻。

婦女的職業，在婚前，縱或未必以職業為婚姻的踏腳石，婚後也有中斷之虞。因此，婦女的就業期間，以子女無須多費心血以後為最合理想。婦女是感情的化身，這時子女逐漸長大，自己的心情轉趨冷靜，不致再陷情網，什麼三角關係，多角關係，離她很遠，自然能把心放在守分盡職上；不像年輕時之牽於家務，迫於現實環境，常鬧遲到早退。

進入中年，婦女不能不有一個職業，以為精神生活的支架。此時小鳥依人的子女，翅膀已經硬朗，要離開膝下去開拓他們自己的天地；丈夫忙於上班，無暇在家陪太太，寂寞、孤獨、無聊、乏味之感，會一齊兜上心頭，雖欲不打牌、不長舌而不可得。婦女一生，有過「一家有女百家求」的黃金時代；到了這時，面臨一個轉變期，正是白銀時代的到來，足夠把她們的才能獻給社會，合力將社會化作一個大家庭。

由黃金時代過渡到白銀時代，倘係因家務牽纏而中途停職，在家裡那些歲月，對於所學所能，卻不能中斷，庶幾在東山再起時，仍能勝任愉快。婦女就業，可能要做兩度的小職員，事實如此，她們都有心理上的準備，而她們如果認清這是真正的職業生活的開端，也就更能從基層做起，為她們的志趣努力。

職業婦女，以婦女的天性來說，家務是擺不脫的，她們必須同時負擔起公務和家務，責任總是雙重的。

五十一年十月二十日

美由天生

愛美是人的天性，女性尤然，凡能使自己美的，無所不用其極，所以，具備美的條件的，還要漂亮動人；有缺陷的，就必須設法補救，期以人工回天，而求其所謂美。整形醫生，最明瞭這種求美的心理，天天登廣告，說是能將凹的填平，平的使凸。

第二次大戰以後，外科手術的進步，有突飛猛進之勢，整形乃成為可能，這是不可否認的事實。只是整形的外科醫生，著手成春的固不乏人，江湖郎中，作誇大的宣傳，把好端端的一個人，造成終身遺憾，悔不當初者，亦時有所聞。中國字有作正反兩面解釋的，「整」字即其中之一。把壞的變好，歪的改正，其名曰「整」，而害人窘人，使人下不了臺，也叫做「整」。整形之不一定得到預期的結果，這個「整」字，固已赤裸裸地表露無遺。明明是陷阱，還要往裡面跳，實由於求美之心過切之故。

像某大學夜間部那位姓李的女生，只為嘴唇厚些，到美容院去動手術，反而把嘴修整歪了。付了六百元的代價，換來這個不幸，當她去和醫師理論，要求再加修整時，更受醫師和護士，綁到單人房內，勒住頸部，幾至窒息。身體受了傷，精神受了威脅，便是求美的一念所招來的。我們同情這位女生，同時願意藉此機會，提出所謂美的觀念，供愛美者的參考。

美，以合自然為妙，凡是矯揉造作，違反自然的，只見其醜，決無美之可言。所以美只是本色，只是當行，小家碧玉，布裙荊釵，不脂不粉，樸質無華，別有一番韻味。一切的美，皆由自然中來，強似單眼皮改雙眼皮，平乳改隆乳遠矣。自然的美，還須隨著年齡變化，壯年不能因幼年天真可愛，而自陷於幼稚淺薄；中年不能因壯年的豪邁粗獷可羨，而自陷於輕浮急躁。人生各階段，各有可樂，亦各有可觀，譬如花木，花之色之香之態，樣樣都好，但在子滿枝頭的時候，不管翠綠金黃，也有成熟之美。到底是花可愛或者果可愛？很難驟下斷語，我卻認為花可愛，果也可愛。我們形容老夫少妻，說是「一樹梨花壓海棠」，則梨花之白，不必以不似海棠之紅為憾，正是本色當行。人的個性和特徵，正是我之為我的標誌，捨己從人，去遷就一個漫無標準的美，那是不智的！

五十四年五月十日

賣果者言

由於副刊上發表的作品，都是寫作的成果，所以我曾經將副刊比作水果攤，與通常將刊物比作園地者異。不錯，任何一個刊物——副刊也是刊物之一——可視為一塊園地，有待於開墾和種植。用這個比喻來解釋初創的刊物，是恰當的；刊物繼續發行，就難以自圓其說了。

視刊物為園地，須視編者為園丁，視作者為園中的花木，由園丁每天在那裡澆水壅土，培植出滿園的鮮花美果來。這種說法，可以滿足編者的虛榮心，聽來非常過癮，而按之事實，滿不是這一回事。園裡的野草閒花，編者固未嘗盡力；對於蒼松翠柏，更絲毫不能有所助益，他這「園丁」，特徒有其名耳！

培植花木的園地，應該是講授文學或訓練寫作的地方，如各大學的中文系或國文系，或文藝團體，只有那些有經驗、有成就的教師和作家，才配做園丁，在他們的悉心照料下，才有花葉扶疏，果實滿枝的成績。編者因人成事，僅能將那些果實，成熟的或半成熟的，陳列在攤子上，供人享受。他是一個水果攤老板，而非園丁。

水果攤老板，希望他的攤子時常有新鮮的水果，自然非關心果園的經營不可。同理，編者為注意稿源，對於寫作者的培養和成長，不能視為與自己無關，但是，假如他也要培植新作家，姑勿論他是否有此能力，即令能力道德，皆足以為人師，而編者的身分，仍不允許他師心自用。

編者和任何一位投稿人，都是立在平等的地位上，縱然初期的寫作，根本不成玩藝兒，也不能存心教他，因為他是報紙或刊物的主顧，而編者不過是報社的一員，憑什麼站在服務的立場，要當人家的師長呢？

有編輯之事，有教育之事，編務已夠繁忙，如果想把刊物編得像個樣子，本身的工作，已經夠繁重，夠忙迫，萬不能再將培植新人的任務，從教師們、作家們的肩上，移到自己肩上來。一心二用，別說教育做不好，連編務也不會做好。編者除了盡心竭力，求把刊物編好而外，其他一切最好少管，就像水果攤老板，只管賣水果，不管果園的經營一樣。

五十三年十月三十一日

溫柔敦厚

對於新詩的討論，並非陌生的問題，單在本刊，這回也不是第一次了。由於新詩還在形成中，究竟如何，尚無一致的看法，所以討論起來，常有百家爭鳴的大觀，從來沒有得到什麼結論。依據經驗來下判斷，這回當也不會例外。

在新詩這個範疇內，大家都非常敏感，也許詩人和關懷新詩前途的人，本來就很敏感，而又富於熱情，才有這樣熱烈的表現吧？同時，從各方來稿，皆能言之成理看來，決非一時的興會或衝動可比，可見大家平日的研究，皆有所得，故能一遇刺激，輒生反應。這持之有故的背景，即是新詩前途所寄托的所在。

討論一個問題，不針鋒相對，不攻擊弱點，即無精彩可言，而失卻「真理愈辯愈明」的意味。今以熱情之人，置身熱烈的氣氛中，要求大家冷靜，殆不可能。因此，我們別無他求，惟盼發言之前，能夠設身處地想一想，除了自己的意見，還肯考慮我們所不贊同的意見。一場為新詩而打的筆墨官司，打一百年，未必就有勝負，所以求勝之心不可過切，最要緊的是要對新詩的前途有補。只要對新詩有好處，成功不必在我。

批評的能力和接受批評的度量，如果我們沒有，我們要及時養成；如果我們已有，我們還須加強。對於新詩的討論，縱然我們不希望得到結論，在討論時，卻必須磨礪批評的能力，在客觀的批評之下，讓每一個意見，受到考驗，而經過一番揚棄，便有一度淨化，庶幾可以「擇善而固執之。」假如說，我們的批評還不夠健全，我們接受批評的度量，尤其脆弱。護短，鬧意氣，不肯服輸，挾門戶之見，差不多都成了接受批評的障礙。若能在討論中，破除一二，藉此樹立新的風聲，即令是副產品，也值得珍視。

有一句話，這裡不能不交代明白，就是對於新詩的討論，並非本刊全體讀者都感興趣的論題，為顧全讀者的利益，僅能用少數篇幅在這上面。來稿仍照普通稿件處理，到了該結束的時候，隨時都可停止。

溫柔敦厚的詩教，為本刊所一貫奉行，希望每一位作者都能成全我們。

五十三年十二月二十一日

第三願

記得少時曾讀過一篇文章，作者立了三大願：一願天下無愚人，二願天下無病人，三願天下無窮人。由於教育普及以及教育器材的增加，教育機會的擴大，文盲行將絕跡，他的第一願算是實現了。由於醫藥衛生的進步，能預防的傳染病，皆能有效地遏止，若干為害人類的病症，如瘧疾，已成往事；縱然不幸生病，也不致鬧到群醫束手，生命有保障，長壽有希望，第二願也很過得去了。現在只賸下第三願，還有待大家努力。

窮、愚、弱為中國許多問題的病根，論者認為這三樣是孿生的姊妹，彼此會起心靈感應的作用，緊緊密密地勾連在一起，不易解決。從前因國勢積弱而騰笑國際的「東亞病夫」，直到抗戰勝利，才連同百年國恥，一筆勾消；但體格方面，仍不如人，所以我們雖參加世運，而摸不上邊，直到楊傳廣崛起，才又予人以新的印象。我國民族的健康，幾十年來，因體育的倡導，因觀念的改變，因小腳的解放，子壯於父，女高於母，皆為較然大明的成效，究其原因，實緣於先知先覺們之鼓動宣傳，始而形成運動，繼而蔚為風氣，有以使然。

凡百事物，都有一個生長的過程，由生到長，必須經過一段幼稚期。倘數十年前，無人以斷髮放足為急務，則數十年後的今天，即無朝氣勃勃的新社會，以取代泄泄沓沓的舊社會。雖其間歷盡滄桑，受盡挫折，終於邁過幼稚期，進入成長期，使我們深信，救弱有術，療愚有方，而益信去窮除貧為刻不容緩，且能日起有功。

窮為愚弱的主根，必須去此病中病，一個康樂的社會才會嶄然露頭角。年年的冬令救濟，意非不美，法未盡善，所以有心無力的勸募，作杯水車薪的賑恤，僅構成一年四季中虛應故事的節目，而貧窮人戶，竟在救濟中一年多過一年。這不僅是一種不合理的現象，實在是一個極現實的問題。無論政府當局或社會人士，都有把解決貧窮問題立為宏願的責任與義務！「人飢己飢，人溺己溺」這種濟世活人的精神，在我們每個中國人心中都潛存著，倘能樹立目標，擬定步驟，期以十年，十年後不再作冬令救濟，或雖作而易舉，這第三願的完成，我們的社會就會邁進一大步。

五十年十二月二十六日

老王賣瓜

「我與中副」，由海外說到國內，由班上說到獄中，由部隊說到家庭，由團體說到個人，強聒不已，一位好心的朋友覺得不大妙，特寫信來點醒我們：「這許久天天登『老王賣瓜，自賣自誇』，聽來該過癮吧？」言婉而諷，不能不答，我說：「老王不賣瓜，怎能敬聆高論呢？」時近午夜，有稿待理，雖有話說，不及細表，今補述之。

第一點須辨明的，厥為老王賣瓜，該不該「自誇」？我想，這是無傷大雅的。在廣告世界，謙抑乃無能的別名，儘可往自己的臉上貼金，三分事實可作七分渲染，電影固無論矣，商品不在話下，就連新書出版，自吹自擂，亦多言過其實，誰不在老王賣瓜？賣瓜的老王，對他所賣的瓜，若不感興趣，誰還有興趣？他不說瓜甜，誰知道瓜甜？所以問題不在他是否自誇瓜甜，而在他的瓜是否真甜。瓜甜，他的自誇是說實話，應該說，瓜不甜，他的自誇才是吹法螺，總有遇鬼的時候。

人活在互助合作的社會裡，個個都需要鼓勵：對上，我們讚美，對下，我們獎掖，對中，我們勸勉。誰能好到十分呢，還不是大家捧出來的？老王的瓜甜，倘無人知道，或知道了，又相約不肯誇讚，他惟有出於「自賣自誇」的一途，聊且自慰，試問他的心情是如何寂寞？我們的社會似已失其樂人之樂的美德，對於老王賣瓜的行徑，頗不謂然，復從而非之，忽略了鼓勵的重要，喪失了鼓勵的能力，有一次發獎，曾有拒領的現象發生，即為明證。由此可見，誇讚亦不易為——誇者近諛，罵者近誣，要想做到恰好，非藝術手腕莫辦，是以難乎其為老王！

瓜甜不甜，是一個事實，誇卻是一種語言的表達方式。瓜之甜，不因不誇而不甜，瓜之不甜，亦不因誇而變甜。語言在事實面前，顯得脆弱無力，何貴這一誇呢？原來人是一種說話的動物，話說的多了，生活化在語言中了，常以語言代替事實，易為浮誇的語言所中，而對老王那一套，存了戒心，於是不容老王自誇，甚至不容老王賣瓜。實則瓜是賣給別人吃的，老王的自誇，不過想人家吃一口，試試甜不甜而已，如果吃瓜者肯為老王幫腔，雖屬義務宣傳，適足以坐實其言，則老王受之，何傷乎忠厚？

五十五年四月十六日

慳吝人

美國國內稅務署報導，一個未指出姓名的人士，每年總收入超過一百萬元，要求扣除不到一百元作為捐贈；另有兩名屬於這種收入的人，捐贈不到兩百元；五人捐贈不到三百元。

我們算算：這八位百萬富翁，每年捐贈給教會和慈善機構的款子，加起來還不到兩千元，如果其餘的大亨，個個如此，教會和慈善機構，只有關門大吉的一途。幸喜還有二百九十八位年入百萬的付稅人，平均捐贈三三五、二三八元，合計為八八、九〇〇、九二四元，才把他們八人所留下的空缺填補平了。不過相形之下，他們那萬分之一至萬分之三還不到的捐贈——連他們的人一併包括在內——實在太渺小！

他們慳吝到渺乎其小的地步，說來誠然可笑亦復可鄙，但就事論事，假如不這般吝嗇，他們未必有這麼大一筆錢財，躋於百萬富翁之林。錢財的累積，不外開源與節流。

開源，可以一本萬利，也可在一夕之間，碰上倒風，淪成赤貧；而節流呢，省得一文是一文，為最可靠的收入，數目之微，直如蝸牛邁步，乃一般人所不屑為的。但一個蝸牛，假如每天往上爬一丈，只要七年，即可爬上世界上最高峰額非爾士之頂，傲視世人。「群輕折軸，積羽覆舟」，正是這個道理。

在鄙笑吝嗇鬼之餘，身為窮光蛋的我們，無妨反躬自問：我們雖窮，而服務半生，誰不曾賺過十萬八萬的鈔票？面團團作富家翁，自然力有未逮；省下三兩萬元，以備不虞，大約不難辦到。然常人習性，不重小錢，於是萬化為千，千化為百，百化為十，十化為一，血汗都化為一泡膿水，從我們指縫間溜走了！慷慨的報酬，只落得一個「身後蕭條」，累及親友，實在有欠高明！

古今「富埒王侯」的有錢人，不在少數，而為人所稱頌者，陶朱公是其中之一。陶朱公不可及處，固在其一生中，能夠聚積大量錢財，達三次之多，又能「盡散其財，以分與知友鄉黨」，亦達三次。印度有句諺語，大意說：我要盡力求得我所需要的一切，但到了神明指示的場合，我要把所有的一切，都貢獻出來！對錢財抱這種態度，就無施不可了。

五十一年十一月五日

面對困難

平日過生活，做事情，總求一個順遂。但天下事，不如意者常八九，縱然看來有把握做好的事情，也要想到可能的周折，隨時要保留一分力量，應付陰溝裡翻船的意外。

吃飯，興興頭頭地上桌子，吃了幾口，說不定會嚼著一粒沙，震得牙床生痛。這不過是日常生活中一個小例子，像這一類不及預料的事件，我們一生，不知遭遇過多少次，卻從來沒有發生什麼作用，在吃下一頓飯時，教會我們要特別當心。人，要肯接受教訓，則對他人的錯誤，儘夠警惕；倘冥頑不靈，雖自身的痛苦經驗，亦於自己的缺失無補。

正如每一條魚都有刺一樣，每一件事，不論大小，都有困難。我們吃魚，雖有魚刺鯁喉的時候，大致皆能平安度過，原因就是我們在動箸之先，已知刺的存在。對於辦事的困難，卻因希望它進行得順利，心理上毫無準備，很容易碰壁。此時最不宜灰心，困難非他，只是提醒我們，還要多支付一點智慮，多安排一點毅力，多走一段迂迴曲折的路，才能達到目的，如是而已。

困難有大小，但本質上是沒有什麼分別的。比如說，當一百口的家，誠然不免有許多困難，當十口之家，所遇的困難，不一定比百口為小，而解決困難的智慮，亦不比百口為低。所以，一個幹練的班長，能因敵制宜，其才能未必在一個連長之下。智識之為死為活，於遭遇困難時，即可得到明驗，大約死智識，一遇困難，即束手無策，而活智識呢？儘可因病成妍！

一事件，從頭至尾是一個發展的過程，也是一個思維的過程。困難是思維的起點，也是激發思維的動力。凡是能克服困難的，就成功了，凡是在困難面前倒下的，就失敗了。

「殷憂啟聖」，那是說，最高的智慮乃由最大的困難中得來，正如奶是擠出來、油是搾出來的一樣。痛苦是那段過程，快樂是那個結局。「山重水複疑無路，柳暗花明又一村」，你不能因見前途茫茫，遇了困難就掉頭往後走，那只是「疑」的結果，並非事實，要緊的是再往前走，即令走錯了路，堅持到底，也許就對了。

五十一年六月一日

上菜場

我家人手不足，一人須當兩人用。近因生活環境改變，我於熬夜之餘，還要早些起身，跑一趟菜場。

菜場不方便去，那不僅因為那裡的泥濘，比濃墨還黑，腥羶，比烈酒還薰人，無處下腳事小，還鬧得呼吸不寧；而是在那種地方，為幾根蔥，為一二角錢，談論半天，爭執半天，實在不合算。實則這是不切實際的看法，生活是現實的，也是醜陋的，不進菜場，看不見生活的真面目。幾根蔥，雖微不足道，但當你荷包挖空了，再也掏不出一毛錢出來時，你就休想有蔥吃。

買菜，只要有錢，進了菜場，選精挑肥，高下隨意，毫無困難。如果有人把上菜場看得這般容易，我敢斷定他是一個只會吃飯不會做菜的人。當然，菜場有的菜，任憑選購，但菜也有好幾等，上等菜，價錢太貴，荷包跟不上，與我家無緣；中等菜，有些我們不會烹調，或者沒有把握做好，也不能買；有些做來費事，更不能考慮。至於那些粗梗老葉，因無營養價值——這是在人家談得煞有介事時，聽來的一些皮毛——自然以不用為宜。這樣盤算的結果，一個菜場的菜，能供我選進菜籃的，似乎太少了。

上菜場之不簡單，一要量體裁衣——有多少錢買多少菜，而要提回去之後，弄出來吃到肚子裡受用。這，幹一天兩天容易，長期幹下去，真是一種本領。二要見子打子——因為味覺這種器官，又最愛新鮮，又最保守，吃慣了什麼地區的菜了，一輩改不過來，但誰也不能一年三百六十天，天天吃一樣菜。所以進得菜場，同是買一樣菜，至少要知道昨天是如何吃法，今天必須換個花樣，才有人下箸。上菜場而能見子打子，選擇的機會就多，能有什麼吃什麼的樂趣。

上菜場雖不如上考場那樣嚴重，卻也像上考場那樣真實。買菜，事實上是從顏色、氣味等角度去選擇，有時還兼用觸覺，只要稍有差失，燒出來的菜就會走味，認真一點說，不會弄幾樣菜的人，決不能讓他上菜場，因為他買了菜回來，而沒有買做那道菜的佐料和配料回來，那樣菜等於沒有買。其不簡單若此，生活經驗不足者，倒是該去磨鍊磨鍊。

五十二年六月十八日

地域觀念

金山計程汽車公司，委託國民就業輔導中心，代為招請一批新司機。一群司機在報上看到徵求啟事，從很遠的地方跑來登記。啟事沒有註明省籍的限制，而登記時，金山公司的負責人卻表示，非某一省籍不准參加登記，引得數十名報名者大為不滿，群起哄鬧，要質詢金山的老板，並向省警務處請願，要求消除這種地域觀念。

這種無謂的糾紛，的確是地域觀念在暗中作祟。金山公司事前既疏於在啟事上註明省籍的限制，事後復拙於在事理上採取權宜的步驟——你就大膽讓他們登記吧，取與不取，其權操之在我，合則留，不合則去，管它省籍不省籍，等到人散了，事也就完了。何必定要熱辣辣地在風頭上自干眾怒？倘如連眾怒難犯都不知道，還做什麼負責人？當什麼老板？經營什麼公司？

地有母德，所以人都偏愛其本鄉本土，雖在貧瘠之區，亦無例外，正如子不嫌母醜一樣。因為人同此心，心同此理，大家犯的毛病相同，所以，每逢別人只顧誇說他家鄉，美好如天堂；語意間，不免抹煞別人的家鄉，人家也不以為忤。人性裡面，包孕著濃厚的鄉土氣息，他鄉遇故知，打幾句鄉談，倍覺親切，感情不期其生而自生，要做什麼都好辦。由這點看來，地域觀念也並非全無是處。

不過，地域觀念，範圍狹小，大約僅高於家族觀念一等，帶著原始的根性，對人，則拒之於千里，對己，則劃地為牢，自是其是。倘要改變這種褊狹的觀念，有效的辦法是出外旅行。記得幼時在小學，對於一位外省新來的同學，硬是不讓他打乒乓球，沒有理由好講；後來到外省讀書，不僅同縣鄰縣，認為同鄉，同省也是同鄉；推而大之，到外國，則凡屬中國人都是同鄉，將來飛上星球，則凡屬地球上的人，亦莫非同鄉。可見生活的天地廣闊，地域觀念即歸於淡漠；將來世界大同的理想實現，地域觀念只怕要沒有戲唱了。

因交通的發達，人的流動性增大，某省籍的人，未必到過某省，身分證上的籍貫，可靠的程度，並不是百分之百的。金山公司，看不透這一點，而它以交通為業務，利在打破地域觀念，今反其道而行，故為一言以破其惑。

五十年十月四日

讀小學課本

兩位西德的留學生，石德滿和哈德滿，為了學習中文，同時進了國語實驗小學。石哈兩君，學識都很好，所差的只是中文，現在從頭做起，看來似乎很笨拙，實際是非常踏實的。我相信他們這樣做，一定會有成就。

大學生到小學校，同小學生一起讀小學課本，淺見的人，一定覺得好笑。其實，我們如果文字不通，不敢下筆，不妨以石哈兩位作榜樣，關起門來把小學國語課本，仔細讀它幾遍。誰敢這樣做，誰就是智勇兼具的人，將來的成就也可能很大。

有一位語文專家，曾經設想，把《紅樓夢》的每個句子，先剪貼起來，而後分類，看看曹雪芹筆下，到底有多少種「句式」，以為教授後學語文的一助。這個工作，雖一直未見他做，他就死了，但其「句式」的說法，證之英文文法的理論和實際，我相信那是真的。我們如果知道中國語文的「句式」有多少，即令是一個大概的數目，也必很有裨益。小學國語課本裡面，正有許多有用的常用字和基本的「句式」，當我們做小學生時，不知道它們的重要，就懵懵懂懂過去了。現在倒轉來從頭做起，儘可享受溫故知新的樂趣。

基本的句子，構造非常簡單，而其變化無窮，此猶棋盤，一成不變，棋子在裡面的變化，卻有無窮的妙用。做文章做到極處，只是要做到「恰到好處」，只是要追求「一字不能增減」。這個境界，就造句而言，恰巧就是見於小學國語課本中的那些，不過因為我們年齡長大，一心傾慕文章中的「文」，竟不知那是中了文章之毒，使我們把文章樸實可愛的一面忘了。

我聽人家說，工夫到家的木匠，所做的家具，凡是榫頭結合處，不用一顆釘子。我想，一個長於寫作的人，也和巧匠不用釘子一樣，是很少用不必要的形容詞和副詞之類的附件的。一個句子，有了好的安排，句中各字，各就位了以後，會成有機的組織，決無詞繁意複的現象。明乎此，小學課本之值得溫習，乃至重修，毫無疑義。

小學課本，每個字、每句話皆出於教育家之手，它的字面雖淺，實有深度，請別小視了它！

五十三年五月十九日

健康的寫實

「養鴨人家」，經第十二屆亞洲影展評定，得了三項獎：最佳劇本獎，最佳藝術指導獎和最佳配角獎。這是中影公司，採取「健康寫實路線」所得的嘉果，可見是很正確的。

由「蚵女」到「養鴨人家」，都是就地取材，有著濃烈的地方色彩和馥郁的人情味。在開始時，因為我們的觀眾，看慣了西方的影片，以為不那樣即不夠味，所以當「蚵女」上映時，批評的意見，頗不一致。甚至去年第十一屆亞洲影展，予「蚵女」以最佳影片獎，還有人說是「分」來的「地主獎」，頗不服氣似的。現在「養鴨人家」，走的是「蚵女」的老路，搬到日本去，已無「地主」之嫌，仍然得獎了。那麼，中影的「健康寫實路線」，在目前該還值得堅持下去吧？

電影為一種綜合性的藝術，而藝術之所重，在異不在同。所以我們致力於影業的發展，和從其事任何藝術一樣，要儘量發揮我之所長，寧可使東方格調，誇張三分，讓我國的特點凸出，不可使西方情調，攔入一分，叫我們的影片減色。從「梁祝」，從「蚵女」，從「養鴨人家」，皆受觀眾歡迎看來，中國人愛看中國片，沒有問題。

我國影業的前途，倘能善用「人棄我取，人輕我重」的原則，使它本身具有獨特的性質，前途是樂觀的。因為我國的觀眾，比任何一國都多，加上海外僑社，足以自豪。

「養鴨人家」，得了劇本獎，可是我們的劇本荒，一直鬧得很嚴重。作家之中，只怕以劇作家為最少，雖然把發表的作品，改寫為廣播劇或電視劇的，大有人在，但那種劇本，多少與創作有出入，未必能合電影的要求。劇本荒不解除，實在是影業發展的一塊絆腳石，此則有待於影劇界和文藝界的共同努力。

去年「蚵女」得獎，是一件可喜的事情，而更可喜的一點，在它是一部「真正自由中國攝製」的影片。當我國的影業，各方面都有了基礎，由「重星」轉入「重片」，步子踏得很穩健，行將「起飛」的時候，在「健康的寫實」上，也該考慮到復興的大業，作必要的貢獻。這類片子，不是沒有，病在不夠深入，不夠動人。如果中影能拿出一部反映大時代的電影來，那是各方面都期待著的！

五十四年五月二十二日

違天不祥

天祥貨輪，不幸沉沒，船東們都「傷痛至極」，可見這一來自海上的突然打擊，非常沉重。自去年春間，永安輪遇難，迄今十六個月，就有兩條船相繼沉沒。我們今天住在島上，船隻為第二生命，對此不單行的禍事，怎樣也不能稍自寬解。

綜合新聞的報導，天祥的不幸該歸咎於它的優良性能上。無論船上的人員和公司裡的船東，對它同具高度的信心，認定它不會出事情。他們的信心所由建立的基礎，貌似堅實，實甚脆弱：以一條性能優良的新船，航行在一條最短的航線上，還會有問題嗎？然而，正和壯漢，仗恃自己的年富力強，不把病痛放在眼裡，終於暴死一樣，天祥輪在粗心大意中「翻沉」了！

天祥輪這回，由於爭著載貨，不免忙中有錯，將水泥等較重的物品裝在前艙，西瓜等較輕的東西裝在後艙，加以該輪的水艙又裝在前半部，就顯得前重後輕，已不合理。

更兼超載——天祥輪裝載三六五噸，已到載重的飽和點，這回卻裝了七百噸貨物。英諺云：「最後一根草，壓斷駱駝背。」他們全不理會，而惟船的性能優良是賴。抱著行險以徼倖的心理，如何能老走鴻運？

公司方面，也抱同一心理。天祥原定五日晚十時可抵香港，六日下午未到，公司一直不聞不問，倒是香港的代理行，沉不住氣，來電詢問該輪的行蹤，經檢查處報請上級機關處理，公司方面到七日上午才至檢查處正式提出報告。可惜此時遇難的船，早已深沉海底；遇難的人，除死的而外，已漂流海上六十小時，縱然逃得一命，已是九分無氣。如果他們的信心不高得如此離奇，每三小時有一次電訊聯絡，則失事縱屬不可避免，及時採取拯救的行動，至少可以多救幾個人起來，為禍當不致像現在這般酷烈！

往日乘木船，出發或遇險灘，船上都要燒香敬神。雖是迷信，而慎重其事的精神，亦有可取。今天祥輪，在強風季節，超載航行，上不知天時，下不知物性，航程雖短，性能雖優，而風浪無情，寸寸都是險地，何能掉以輕心？違反天性，不顧物理，就沒有一個是會得到好收場的。永安輪的殷鑑不遠，天祥輪全不記取，它的船東們在它失事之餘的「傷痛至極」中，總該有無限的愧悔吧？

機器是鋼鐵鑄成的巨人，也有生命，但它不會說話，使用的當與不當，全靠我們對它的了解。在它的極限內，其性如羔羊，在它的極限外，倘要恣意搾取，惹得它執拗起來，那就難制了。「違天不祥」，這是天祥輸給我們對於機器的教訓！

五十年六月十一日

釋闖關

前在「中副自白」裡，我用「闖關」二字，表達寫作投稿上的一個觀念；而那篇短文，還有不實不盡之處，應略加解釋，以明其底蘊。

根據原文，所謂「關」者有二：

其一，「作者們對於中副的迫切需要，似乎是小心順應的居多，敢作大膽嘗試的反而少見」。這是一個心理的阻障，如不打破，實有礙創作慾望的充分發展。在創作的領域內（也僅限於創作的領域內），要目無陳法，纔能享受完滿的創作自由。作者如果存心適應副刊的需要，乃至迎合編者的愛好，便是捨己耘人，未免委曲了自己，也犧牲了自己。作者如果拘束住自己而欲致力於創作，則無異縛住手腳而侈言鍛鍊身體。所以，這一「關」非作者自己「闖」不可。

其二，「中副對於各種體類的作品，無不歡迎，並不限定『稿約』中列舉的那幾項。

但因闖關之人太少，因而它也悶在一個狹窄的圈子裡」。這是多年來演變成的結果。何以言之？一個稍有歷史的副刊，都有「定型化」的傾向。一個副刊定型以後，它的個性得以表現，它的風格藉以形成，它的範圍據以確定，遂使它在同類期刊中顯出其特殊的面貌來。且定型化是無數心血的結晶，久久而成為不成文的約章，作者投那一類的稿，編者取那一類的文，讀者選那一類的作品，都有一定的尺度，大家有所適從，都是定型化的好處。

然而，定型化連帶著有僵硬化的可能性，這是每個副刊編者都朝夕警惕的，但其中有必至之勢，雖是警惕，亦無法搗碎僵化的硬殼。辦副刊，最初惟恐其不成型，而到後來，予人的印象卻是「老是那一套」，這就說明它僵硬了。因此，定型即意味著閉關自守，安於現實；目光不能四射，自然難望有廣為開拓的企圖，多方肆應的氣魄。此則又是定型化的壞處。

由這個分析看來，不僅作者要闖關，編者也要闖關。但同是一闖，闖法則有不同：編者本人不便多寫作，多發表，他必須假手於作者以突破藩籬，打破障礙，至少也要編者作者一同致力，來一個「裡應外合」，才可望收得闖關的效果。至於作者，最好用其慧眼，看出副刊的弱點，而有以加強之；它的範圍太狹窄，則以作品使它擴展；它的氣氛太沉悶，則以作品使它活潑。一個副刊，只要是求進步的，莫不追求其所未曾有的！一個理想的副刊，必須裝進極其豐富的感情，極其健康的笑聲，極其充沛的活力，極其旺盛的戰鬥精神！作者如果以這種種來闖關，則何關不可闖？

一個副刊，必須像蛇一樣，每隔一個時期，就蛻變一次，脫下一層皮，強壯一次，及成蛟龍，風雲變化，自可高下隨意了。

五十年六月九日

好管閒事

對於好事之徒，我們似乎都抱有反感，而且反感得很強烈，就和厭憎包攬詞訟，魚肉鄉愚的人一樣。作為一個典型的中國人，莫不心懷謙德，遇事退讓，韜光養晦的哲學，使大家關起門來做聖賢工夫，門外之事，與己無涉，則不聞不問。做人固然該有分寸，而謙抑過度，能管的也不管，可做的也不做，把能力冷藏起來，只成全了一項不作自我表襮的德行，難道不是社會的損失嗎？

民主時代的國民，如能有話大家說，有事大家做，正求之不得。一部憲法，百條千款所說不清、道不盡的義蘊，揭穿了不過如此；法，重在實行，能說能做，就是對的，不說不做，就是錯的。因此，為了救偏補弊，無妨矯枉過正，居今之世，舍古之道，說廢話，管閒事，大約也沒有什麼不可。

言論自由的極致，是要人人開口說話。人人說話，意見龐雜，廢話充斥，其可聽者不過千分之一，其可採者不過萬分之一而已，然則說猶未說，何必多此一說？是又不然，說是一回事，說而有效果，又是一回事。世間儘多只顧說而不顧有無效果的人——即在以說話為職業者，殆亦未能免俗，何能苛求於常人？且說話是一種能力，表現出來即可滿足發表慾；也是一項權利，有機會以音波聲浪去影響他人，來擴張自我，同是很高的滿足。語言能夠獨立自完，至少能夠破除沉寂，也許是廢話不廢的原因之一。

另有一種發言的方式，便是書面談話，這是以筆代言，比較慎重，比較少廢話。現在說話，不僅有主動的發言，也有被動的訪問或調查，出許多問題要我們一一作答。這當然沒有自己怎樣想就怎樣說那般暢快，但其效果，卻很顯然。因為對方的訪問和調查，總有一個顯而易見的目的，與公益相連。這時我們就要拿出管閒事的精神，不避說廢話之嫌，藉這一紙張，盡我們對社會對人群的義務。

接受訪問或調查，已成民主國家做國民的一種義務，它的好處是：以天下之目視，以天下之耳聽，是用天下之智以慮天下之事的一法。倘我不加理會，或者會使人家的訪問或調查不充分、不完全，而得不到合乎事實真象的結論。填表作答，看來是閒事，卻是公共關係所賴以建立的基礎，片言隻字，都將受到重視。

民主政治，貴能視公家的事就是和我有關的事。人與人間的距離，彷彿是拉長了，而人與人間的關係，卻聯繫得非常緊密。在這種情形下，世間殆已沒有閒事，只是那件事的效果，未必在我們面前顯現罷了。

五十年七月二十七日

罐裝中菜

美國食品商看上了中國菜，正以大量資金作宣傳，推銷罐頭的中國「雜碎」食品，使在海外開菜館的華僑，大部分面臨嚴重的挑戰。如何應付這個威脅，要大家想辦法。

近年國際上提到我國事物，所津津樂道者，惟有旗袍與中國大菜。旗袍的叉開得太高，還勞香港名媛作一番改低叉的運動。這種依身段的起伏而剪裁的女裝，曲線玲瓏，裁製簡單，工料甚省，經蘇茜黃的推動，乃成一時驕子。但旗袍不同制服，最忌整批剪裁，大量生產。英國犯此大忌，婦女們雖著旗袍，而流行不起來。至於中國大菜，與旗袍一樣，是否可以罐頭裝成，大量傾銷，情勢的發展，正不知要變成什麼樣子。

中國菜注重色、香、味，到處受人歡迎，這是不錯的。但吃慣了無色、無香、無味的食物，吃東西以填滿胃囊為目的的人，對色、香、味雖有興趣，但非如精於食道者之斤斤計較。所以中國菜裝成罐頭，其色、其香、其味，不免走失很多，而比起烹調乏術的食物來，仍有引人入勝的地方。倘如「瞎貓不嫌死老鼠」是真理的話，冒牌的中國菜罐頭，不愁推銷不出去。

底特律「重慶食品公司」的出品，有炒飯、炒麵、芽菜和芙蓉蛋，在我們看來，真應了那句言子：「豆芽菜長齊天高——是一碗小菜。」毫無奇特之處，而且覺得，為炒飯炒麵大吹大擂，甚不值得。但他們要和中國餐館競爭，不惜以巨資委託廣告公司，傾全力在報紙雜誌電臺電視上宣傳其「優點」——可口而富於營養，並且對於味道和營養，「大加改良」，要普遍向美國家庭推銷，企圖壓倒華僑餐館業，這就咄咄逼人，有反客為主之勢。以大吃小，原是美國企業界的風氣，今運用在華僑經營的餐館業上，他們是不會考慮其後果的。但恐橘生淮南變為枳，罐頭裝的中國菜，使真正的中國菜蒙受不良影響，在大量生產，普遍供應中，中國風味的食道，日益趨於衰落，食物降低到只可「充腸」，而談不上「適口」，也和現在的西餐一樣，那就糟糕透頂了。

「重慶食品公司」，有資金，有計劃，作連續性的努力，正攻上華僑所營餐館業的弱點，所以，雖然才拿出幾樣微不足道的菜飯來，卻是「白頭從此始」的那一莖初見的白髮，千萬不能輕視。我們在海外經營餐館業，已經數十年，總多少培植了一些「知味」

的人士，願意繼續吃我們熱蒸熱賣的中國菜。中國菜的烹調是一種藝術，食用時講究品味，這種知味的朋友是和知音一樣稀少的。

五十年七月二十八日

割肉餵狼

動武事件，近來迭見於市府，實在不是好現象。今及其尚未形成惡風，加以制止，已刻不容緩。

以鄭鶴卿在市府滋事來說，不能視為一件小事，更與民主政治，民主風度渺不相涉。政治，不管民主到什麼程度，總有一個不容侵擾的體制，不許干犯的法紀，鄭鶴卿以臨時雇員之身，一事不做，每月除領津貼六百元外，還常到市長室索取補助費。所索二百，給一百八還不能了事，無理取鬧，一至於此，而市府上下，竟也容得他下，民主風範，殆屬超等，殊使人莫測高深。

鄭鶴卿所挾持的武器，是一張利嘴，兩隻拳頭。他因「言語奇特」和索取補助費，成為市府無人不知的人物。市長似乎也奈何他不得，其所以每月給他補助費二百元，原是對他的吵鬧，不勝其煩，才改用鈔票使他停手住口的。沒有想到，這是割肉餵狼，補助費正好叫他在吃飽喝足之餘，生出得隴望蜀的企圖，所以，補助費等於一筆獎金，鼓勵他沿著他那條製造麻煩的路線，昂頭邁步前進。

有人說，他索取補助費，倘迫於生活，也未始不可，但他不該當人當客的面向市長索取，使市長難以為情。實則鄭某別具深心，他既要遂行索取的企圖，那就必須選擇市長室有人有客的時機以求售。君不見，小兒索錢買餅，往往乘家裡有客時才提出他的正當要求，什九皆可如願以償。鄭某五十年前即有這樣的經驗和本領，今天在他「老還小」的時候，從錦囊中搬出來運用於市長室，自然是爐火純青，更加老練，更加靈活，更加有效。逐利之夫，那裡肯顧什麼情面？而且情面正是他要利用的一個弱點呵！

此事不能視為小事，理由是：鄭鶴卿是市府的一員，縱然只是臨時雇員，做一名可有可無的「員外」(員額之外也)，閒著無事，以閱報為職，也不能不顧大體，敗壞官常。誠然，市府大而能容，凡拆除大隊、地政科、稅捐處、工務局等單位所拒絕收容的人員，也當破銅爛鐵收留下來，或許安頓一人在市府，別處就少出一些麻煩，未始非苦心所在。然而，一個行政機關，絕非慈善團體，割肉養狼，反遭搏噬，弄得全市府的職員均抱不平，不得平靜，未免得不償失。倘若這件事情發生在市府所屬的單位，請問市府的態度將如何？或不免要一陣官腔打下去，說出一大番道理吧？不正己而欲正人，不正本而欲正末，市府自知是做不到的。為了將來發號施令有力量，我們切望市府放棄姑息的作風，像鄭某這樣的人，既然「行為不端」，一再滋事，迫不得已，恐怕要出於「割愛」的一途吧。

五十年五月二十六日

問題僑生

教育部對於問題僑生，已經決定設立一個機構，負責作長期的集中教導。這種僑生約有五十餘人，均為初中程度，年齡多在二十左右。成問題的是：他們品學不良，在臺就讀甚多學校，均被開除，僑居地又無法回去，因而留在此間，游手好閒，或受雇充打手，或沉淪為盜竊。他們保有僑生身分，警局對之，亦覺難於處理。

粗枝大葉提到的這一些，其中每一項目，都是待研討、待解決的問題。將來到底怎樣辦，詳細辦法尚須主管單位的擬定，此時無法懸想，毋庸置喙；但有些意見，為書本所不具，專家所不取，而有當於人情與事理者，或不無一顧的價值，特提出一談。

首先，目標不可太高，因為這批學生哥，品學不良，一再為學校摒諸校門之外，到了社會上，又為警局的權力所弗及，論年紀，二十上下，論程度，僅夠初中，看來是鑽不進書本的，才將過剩的精力，轉用在其他方面去胡搞一氣，將來他們進了專為他們設立的機構，也難望他們一下子變成好學之士。事實上，他們的大學年齡和初中底子，已不可能按照課程標準，再從頭幹下去。所以他們在接受教導期間，如果有機會，願學職業的學職業，願習工藝的習工藝，求得薄技在身，將來托足有所，也儘夠滿人意了。

其次，他們體力健壯，精力旺盛，而其智力不足以將體力和精力納入正軌，在第一階段，管訓實在比教導重要，而管訓之道，要從肉體入手，白天倘能使他們儘量作體力活動，累到筋疲力竭，晚上倒床熟睡，一覺睡到大天光。如此循環往復，把吃下肚的都化作汗水流出，便沒有多餘的時間，去動歪念頭。此猶破竹，難在一二節，過此以往，等到他們的野性子收斂了，即可迎刃而解。此時，一面護理他們的感情，一面加重教學的分量，逐步和體力活動調和起來，心身兼顧，庶幾有功。

這付重擔，必須選擇適當的人才挑它得動。這個人，以一身而兼教師、父兄、警察，與其求專家，不如求通才。通才的常識豐富，練達人情，洞明事理，能把握問題的要領，通權達變，而以靈敏的手腕為之，不失其宜，可期有效。倘如他當年也做過調皮搗蛋鬼，壞主意、歪念頭，樣樣在行，則見微知著，必能採取防範的措施，那就更合理想。

由於學生的素質決定了這個管訓機構的性質，自然不能適用一般學校的辦法。這批學生的行為既已超越校規，管訓就不能純以校規繩之。他們活動的圈子大，管訓的圈子更大，他們就無所逃於天地了。

五十年五月二十七日

先有答案

副刊工作幹久了，日所思，夜所夢，雖未必全是副刊，卻是與副刊有關的居多。這一檔子公案，我自己不提起，人家知我是幹這一行的，也要來訪問或者談論副刊的問題，造成一種非說不可的情勢。

對副刊而言，環繞著它的問題，差不多我都想過，並且因為想的次數太多，想的還相當透徹，如果要談一談嘛，不打草稿，也可以談個三五小時。心中的蓄積，常使我想寫一本《副刊論》，以一吐為快。誠然，寫一本書不大容易，貪玩如我，實在定不下心來做這種苦差使；另一方面，儘管讀副刊的人很多，關心副刊背面種種問題的人卻很少，倘所談的問題，只有少數人起勁，談起來有啥意思？

若是我在新聞系教書，講授「副刊編輯」，對於副刊的前後、上下、左右，我都得用心思考，整理出一個系統來。再說，在講臺上講書，有學生聽講，便有「吾道不孤」之感，講起來總比「獨思」要好些。可惜現在各校的新聞系，根本就沒有「副刊編輯」這門課程，無從講起。因為沒有暢談副刊的機會，社會上對副刊隔閡的人，也就不在少數。此可於專以副刊為話題的訪問者見之。他們所提出來的問題，都是一般人的問題，在我，不知說過多少次了，一點新義沒有。一篇訪問記，精采不精采，繫於發問的深入不深入。不能深入的發問，就是不能深入虎穴，又如何能得虎子？

鑑於這個事實的存在，一次在電視上，一次廣播中，事前我都和節目主持人協議，除了她們所提出的問題，由我盡我所知作答外，我自己還有一些「題外的話」——她們所不曾問到的問題，而在訪問中理當發揮的各點，我代為擬出問題，借口發問，我因得暢所欲言，而訪問遂亦稍有精采。我為這種別具一格的訪問，叫做「先有答案，後是問題」，真是「自己方便，予人方便」。

我覺得我的「發明」是很好玩的，本可多玩幾回，而經驗在暗中提醒我：「你不能只對你個人所感興趣的，逢人便談；每個人各有一個『自我』，他自己才是他所關心的，你要他感興趣，除非你談的問題與他有關。」

五十六年六月二十三日

用紙

用紙量的多少，是社會文野的一個尺度。紙在今天的生活上，用途日廣，方面日多，已深入生活核心，和我們更加分不開了。

別人如何，不得而知，至於我本人，因為抗戰期間，吃過紙張困乏的大虧，至今對於用紙，仍然像用鈔票那樣斤斤計較；對於孩子玩紙片——用來摺疊或剪貼，不免有些浪費，總代他們負疚。在抗戰期間，我攻習新聞，正是一種如何運用紙張而得其宜的學問，而又利用過單面印刷的廢紙做功課，深知此中艱難，所以暗中自勵：將來做了記者，決不浪費紙張！

這個念頭，一直還支配著我的行為。買一樣東西，那張包裹的花紙，或者一個紙袋，或者一個紙箱，對我來說，都不忍隨便拋棄。有一段時間，我曾經練習寫字，寫的字，雖其醜無比，而因為它們沾了紙的光，得附在紙上，我就願意保存起來，以備作其他的用途。字紙都捨不得拋棄的結果，遂令辦公桌上，抽斗之中，書頁之內，到處塞滿了半張信箋，一條白紙，以及各式各樣的紙張。只知保存，不知設法利用，愈積愈多，到了不能不清理的時刻，還要操刀一割，圖個痛快。

紙面節約，倘不從文字上著手，讓錯字廢話，冗詞贅句攔入，造成若干「有字的空白」，則所謂愛惜紙張，實在是一句空話。每個執筆的人，從構思的那一剎那起，就要存心做到，一個字必須有一個字的用處，才是最珍惜紙張，而使紙張高度發揮其功用的。

直到現在，我國的紙張，產量仍極有限，而浪用紙張的習慣，正在逐步形成之中，顯然不大對勁。我家附近，有以拾廢紙為生的窮朋友，因而我也知道，紙成了廢紙，並非一去不復返，它儘可翻新，另以新面貌示人。這說明廢紙中也有金飯碗，不可固執成見，以為紙必須如何如何。誠然這是事實的另一面，但這是紙張的末路，而非出路，倘我們的文化事業、出版事業，形同製造廢紙，那麼，我們用的紙量，縱冠全球，亦何足論？現在因紙張便宜，印刷方便，動輒印這樣印那樣，雖云紙有出路，也是碧空中的一角烏雲。

五十三年六月二十四日

培養專長

由於專家的地位崇高，好多人連培養專長的念頭都不敢動了。實則專家也有幾等，高的固不可妄生覬覦之心，自討沒趣，低的總還有希望。只看我們的做法如何而已。

一種專長，便是我能做而人家不能做；人家能做，我比人家做得更好。在未具備這種一枝獨秀的技能以前，著力的地方，全在一個「做」字。所以，一個大學畢業生，倘因成績優良，有機會留在學校當助教，也有機會離開學校去就業，較為合理的選擇，還是去就業的好。因為書讀了許多年，不會用職業來考驗自己的學業，雖滿腹經綸，不一定可以利用厚生；如果真要做學問，在外面做一段時間的事，再回到學校，有了經驗做底子，就會切實得多。

這些年來，我們一直在喊「手腦並用」，收效其所以不如預期，實緣積重難返，大家還是重知識而輕技能。或者這是培養專長的障礙。專長的培養，固需學理以為之指導，但它本身是一種技能，卻需於經驗中求之。不會必須求會，既會更須求熟，而後在熟中生巧，養成職業上的第六感，見人之所不見，發人之所未發。

一個工作，若視為噉飯的工具，那是最沒有出息的看法。對工作的正當看法，它一面為我們生活之所資，一面是一個進圖發展的基石。我們必須時刻提醒自己，要把工作經驗累積起來，用幾句扼要的話，記錄下來，逐步累積，逐步使它系統化。除了我們自己了解得十分透徹而外，還能舉以授人，使人家有同樣的了解。

經驗固可珍貴，但經驗常夾帶著許多雜質，而且雞零狗碎，不成玩藝。許多饒有工作經驗的老技工，不能開班授徒，便由於他的經驗沒有一個系統，使之各就各位。

我們每個人都有培養專長的機會，因為我們一生中不知要經歷若干事情，在一個工作崗位上，一做數十年的，大有其人。任何專長，即如牙科醫生，為時也不過六年，在一個有心人，要培養一種專長，儘有十個以上的六年供其運用，還能培養不成嗎？現在的社會，雖說是人浮於事，求職困難，而另一方面，又有許多位置，空在那裡，等待有一技之長的人。這是我們都有份的，我們不能放過。

五十一年十月十五日

漸入佳境

例行的交通安全週，宣傳的效果如何，很難說。因為這個一年一度的宣傳週，正進行到如火如荼時，車禍仍未絕跡。大家口口聲聲叫安全，而駕駛盤失靈，偏偏予安全以不安全。事實的發展和希望背道而馳，會使人們動搖的安全感更加動搖。

不過，就大勢看，我們的交通安全，已在苦難中掙扎過來，且已漸入佳境，足以使我們安心。

根據去年的統計，本省平均每天發生車禍達十次強，死者一百五十人，傷者一千零六十七人。肇事原因，以司機過失為最多，佔百分之七十二；今年上半年的車禍中，屬於司機過失者，已降至百分之六十九。這百分之三的降低，得來不易，都是車輪從血泊中滾出來的，倘如我們還有興致為這點進展慶幸的話，也不過是在淚痕滿面的臉上，勉強擠出一絲笑容！

打開記憶之窗，我們記得十輪大卡，曾經造過很高的紀錄；一直等到計程車上市，情形才大為改觀。十輪也好，計程也好，其所以要發生問題，鬧出車禍，都是由於一幫生手，登上了駕駛臺。十年過去了，三年過去了，當初的生手，現已饒有經驗，技術漸臻純熟，操縱自如，自然可以避免禍事。那百分之三的降低，便是司機由生而熟的演變中來的。

在檢討車禍的原因中，可以看見的，大致都檢討到了，卻沒有一個人指出，計程汽車之突飛猛晉，發展得太快，司機的技術跟不上，乃是病中之病，當初如果注意到這一點，在地狹人稠的大街小巷裡，便不會有如許小汽車，縱橫馳逐，而若干橫屍輪下的死者，儘可克享其天年。不錯，現在是進步了，但進步如果要以生命鮮血作代價，我們鄙視這種進步！我們寧願回到牛車時代，寧願安步當車！

在交通情況漸入佳境的今天，我們還要檢討，車輛的數量是否超過了街道的容量？按需要來說，大多數的人需要乘公共汽車，而公車供不應求，可否把計程汽車組織起來，規定一下，劃定路線，於上下班、上下學時，分擔公車的壓力，以殺其勢？這樣分配之後，至少可以減輕過擠的現象，當亦有造於安全。

五十一年十一月十七日

缺處見圓

坐著輪椅第二次環遊世界的瑪麗・郝維太太，來此訪問傷殘單位，鼓吹傷殘重建工作。她招待記者時所說的話，因為每一個字都有事實為之支持，就特別顯得有力量。

瑪麗・郝維太太，自幼患小兒痲痺症，不能行走，也算得人間的不幸者，但是她雖是一個小兒痲痺症者，卻沒有被它打倒，她坐著輪椅繼續受教育，結了婚，生育一男一女，並且在加州克拉瑞瑪大學攻讀心理學，得了碩士學位。這在正常的人，本也算不得什麼，但在她，要在雙重壓迫下奮鬥，得此果實著實不易，今現身說法，就是把活的榜樣，擺在我們面前，倘身心兩健的人，不能像她那樣努力奮鬥，所遭的不幸，可以說是心靈上患了小兒痲痺，而心靈的癱瘓，遠過於走動的不便。

不幸往往產生絕大的同情，為力之大，用心之專，較之以悲天憫人為懷的慈善家猶有過之。慈善家以救濟為事，自不乏同情心，但同是同情心，發自慈善家，總是隔靴搔癢，發自殘廢者，則因有本身的痛苦為基礎，就能作深一層的設想，進一步的工作。一個久病纏身的人，對於醫藥保健的重視，差不多是念念不忘，一心要達到世間無病人的理想。試問那同情心所發射的光芒，豈是慈善家所能希冀的？

世間有殘廢者，固屬不幸；現在殘廢者起而求自身問題的解決，配合著醫藥的進步，將來的世界，會變得圓滿。由於殘廢者的努力不懈，如瑪麗．郝維太太之所為者，使我們立在殘缺的一角，看出了未來的圓滿。她對於人們的啟示，她給予人們的希望，都是很有益的。

殘而不廢，決非一句漂亮話。由於分工的精細，只需要一部分官能的工作，正隨時間大量增加。瑪麗．郝維太太舉的事實——美國一家公司，改用獨臂人管理電梯，還是粗淺的例證；事實上，福特汽車公司，有些職位，早已由殘廢者和盲人充任，都做得很好。他們自知求職不易，有了工作，莫不兢兢業業，幹得十分起勁。既無「跳槽」之虞，保證不鬧什麼工潮。缺憾已變成他們的優點，宜乎世人對他們要刮目相看了。

五十一年十一月十九日

環境賽美

公私立中小學校，舉辦美化環境競賽，教育廳已有規定。規定中說：各中小學校環境的美化，應因地制宜，精心設計，整個學校環境力求整潔。這種每學期舉辦一次的環境賽美，不僅可以加強校園的整潔，而且可以調劑學生的身心，意味是很深長的。

「美化環境」，作為一個口號提出，我們已聽了好多年，而聽來並不厭倦，即因美化環境是一件做不完的事情。一部文化史，究其大綱總目所揭櫫的意義，就是人類美化環境所造成的記錄；誰在美化環境方面做得最多，做得最好，誰的文化史就特別充實而光輝。美化環境為調整人地關係的手段；如何使地更宜於人的居處，便是美化環境的目標。

教育的目標之一，在教學生適應環境，進而改造環境。學校其所以要佔一大塊土地，建一大排房子，不是單單為了收容大量的學生，能夠供他們作習於其間，更重要的，是要具備一種恢宏的氣象，以激發他們遠大的志向。但學校範圍雖大，建築雖高，若無美化以繼之，則大而無當，愈大愈見其空虛，此所以沙漠之重綠洲也。

規定中的精義所在，只消抱定「因地制宜」四字已足。美化環境，不一定要造預算，要請園藝專家，要搜羅名花異卉，把學校變成一座皇宮。真能變成皇宮，我們並不反對，只是那皇宮必須是「精心設計」，行之十年八年所累積成的結果，才符合教育的意義。在「因地制宜」的原則下，甲地不必同於乙地，甚至同在一個地方，甲校不必同於乙校，只問它美化的結果，是否得地之宜。得地之宜者，一花一木，各得其所，而學校環境，因花木的向榮，即可收美化的功效。

學校當局，教導學生，莫不要求他們「愛學校」。這是不錯的，不過，像我從前進的一所中學，由會館改成，學校當局也要我們「愛學校」，我們對於頹垣破壁，實在「愛」不起來。因此，要學生愛學校，必須先使學校美化，變得可愛，然後愛之，自然「不教而化」。

環境美化競賽，既規定每學期舉辦一次，則橫的方面，須與他校比賽；縱的方面，尤須與本校比賽——這學期勝過上學期，把美化做成一個遠大的計劃，一學期一學期分期完成，庶幾每個學校都可以美化。

五十一年十月二十七日

發問

和青年學生們接觸漸廣了，我發現他們大多怯於發問，儘管使用激將法，他們還是像羅漢堂上的五百羅漢，端坐不動。鑑於這個事實的存在，逢到來社參觀的人，我不忘提醒他們：來時要帶著問題，去時要帶著答案，庶不致虛此一行。然而究竟有多少效益，殊難懸揣。

學問，學問，學佔一半，問佔一半，可見發問很關緊要。學是被動地接受，問是主動地爭取，學而無問以繼之，殆如毫無計劃的配給，我們所已有的，可能得到雙份，所沒有的，依然妙手空空，無法增益其所不能，惟有發問是一種積極的做學問的手段，始可彌縫這個缺點。學習定須從習問入手，至於善問的程度，則可謂善學了。一部《論語》，就是孔門師生問答的記錄，雖云孔子善答，亦緣門人善問，二善合而後留下這部經典。

發問能力的薄弱，似乎由來已久。課堂上的講授，一貫採取灌注式的教學，自始至終，例由教師口講手寫（寫黑板），學生屏息靜聽，手不停抄，偶有所問，無非字跡不清等無關宏旨的問題。啟發式的教育，則見於理論者多，見於行事者少，功效不著，此或為發問能力的萎縮，相因而至的結果吧？多年以來，我們沒有培養學生發問的能力，至少未嘗著意為之，以致造成若干心中無疑惑，口上無問題的學生。這種情形，即在將來的服務與發問有密切關聯的學系，亦不能免，而積習之下，不以為怪，似乎比這個事實的存在，還要嚴重一些。

做學問，心裡不能坦蕩蕩的，貴在疑竇叢生，從無疑處生疑，大學問、大發明，即由此生發，所以師道尊嚴，「解惑」亦其一端，而學者本人，除了藉發問以求得教師的指引外，尤當自尋解答，解答漸臻圓滿，即是學問精進。做學問要像酷吏治獄，在話裡套話，直至疑點完全冰釋而後已。

蘇格拉底善問，他和別人討論問題，常從似與本題無關的問題問起，而逐步緊逼，使對方陷入進退兩難，最後不得不放棄自己的論點。這種功夫，非對問題有通盤的了解，就做不到。我們要培養發問的能力，凡事都要留心觀察，再看看古人今人如何發問，只要做小半個蘇格拉底，就可轉弱為強了。

五十四年元月二十六日

格式美

每天在編輯桌上，只接觸兩樣東西：信札和文稿。拆閱的時候，合乎格式的要求者，頗不易得，更談不上格式的美。

新式的書簡，對人的尊稱，對己的謙稱，已經省到不能再省，不像舊式的八行，涉及對方之處，要抬頭，規矩很多，全屬繁文縟節，比照之下，新式的書簡，實在是一種「德政」。但若就格式來說，將新比舊，則新不如故。

格式的美，美在安排。一紙之內，字跡的大小，行道的長短，間隔的疏密，都有關係，如何得宜，端視會心而定。現在大家不講究寫字，聯帶不講究格式，所以一紙在手，可供玩索者，已臨絕無僅有的階段。

印刷術進步，打字、油印，皆可為字跡藏拙；準備發表的稿件，有編輯人手在那裡負責安排，更可不必操心。不過，這是一種不明內情的看法。原文的格式，到底是一個基本的形式，隨便怎樣變化，總得以原文為依歸，如果出入太大，紅筆所不能為力者，也就回天乏術，只有聽之了。

格式美在求形式的美觀，固然不錯；而最重要的，在乎條理分明，使閱讀時，更易於領會。整篇作品，分為若干段落，一個段落，只說一件事情，頂多再旁及十分有關的一部分。事情一件一件的交代清楚，有條有理，有頭有尾，造成閱讀上的方便，才是講究格式的真意所在。

這種情形，只消把舊式的書籍，拿來比照，即知不分段的書，讀起來難於領會；而一本書，從頭到尾，全是黑字的天下，看起來非常沉悶，會影響到閱讀的興致。古書現在也多分段的，雖然多用一些紙張，卻很值得。

投稿人中，還有不明白這個道理的，來稿不用標點，不分段落，到處都要費些手續；即令為他改了，他可以安之若素。撼山易，改變習慣難，這只是一個例子而已。至於字跡潦草，稿紙上下和兩側，填的密不通風，閱稿如捉迷藏，那裡還談得上格式美？在這裡，我們無妨提醒他們：臺灣的紙便宜，多用一兩張，而求有效果，決非浪費。

五十四年七月十七日

服裝

美國男裝協會說，甘迺迪總統對男裝式樣，已經發生積極的影響力；他們讚譽他，「在任何場合中都穿得恰如其分，而替美國男人樹立起適當楷模，同時他強調了高尚風格與適當儀表的重要性。」

在人生的四大需要中，穿衣的重要，僅次於吃飯，而在男耕女織的時代，衣食更是半斤八兩，必待這兩大問題得到解決，才有餘裕，再言其他，所謂「衣食足而後禮義興」。本著這個觀點，考察政治的得失，社會的隆污，離題決不會太遠。

中國大陸有一個階段，每人每年僅得布七尺，每人每天只有一兩米，所以集體投奔自由的「海豐劇團」的團員，個個都是「衣衫襤褸，面有菜色」。「海豐劇團」是他們的宣傳工具，而其團員這個樣子，恰好拆穿其虛偽宣傳。「海豐劇團」看得非常正確，一旦恢復自由之身，即可穿暖吃飽，而共黨所說之不適於中國國情，遂成了鐵案！

新年期中，自由中國，到處看得見穿新衣服的人群。這是由來有自的，近年以來，我們的衣料充斥市場，供過於求，必須向國際市場找出路。衣衫破敝的現象，縱非絕無，亦屬僅有。在家庭裡面，差不多的人家，都有縫紉機，婦女習縫紉者，比比皆是。一般衣著，男的講究派頭，女的考究花色。常見她們三五同行，很難發見兩個服飾一樣的。服裝的多彩多姿，正是社會繁榮的反映。

隨著社會的進步，衣服除了蔽體，新增了幾許功用。專制時代的服色，把社會劃分為若干等級，不得混淆，「紈袴子弟」與「膏粱子弟」同義，都是豐衣足食的表徵，高尚風格，即從上等的衣服和食物表現出來。這就像營養好的人，氣色也好一樣，是由內而外的一種表現。服裝既可代表人的流品，社會上也就流行「只重衣冠不重人」的風氣。倘不能效則子路，「衣敝緼袍，與衣狐貉者立」，並不自慚形穢，那就得有一套「外出服」，用服裝來裝點自己的地位。

甘迺迪貴為富強之國的總統，何求不得？服裝自然能做到在「任何場合中都穿得恰如其分」。同樣的讚美，當杜魯門為總統之日，我們也聽見服裝專家稱道過他。服裝專家們還要作宣傳，美國未來的總統，或亦會享此榮譽吧？

五十一年二月十七日

議員自律

省議員們在醞釀自律，雖云這是由暴露省議會的弱點而起，但我們相信，結果會變得圓滿。

省議會二屆三次臨時會，因出席者不足法定人數，時鬧流會，不得已而將會期延長，超過了規定的期限。王國秀議員懷疑這是否合法。黃朝琴議長很坦白地承認，這是不合法的，甚至於承認這是他的錯誤，他願負責任。黃議長這種勇於負責，且勇於自責的精神，無論當時在會場中，事後在社會上，都邀得了諒解，也博取了同情。議員自律的醞釀，即緣此而生，但盼大家皆能大徹大悟，以自律來一新社會的耳目。

省議會成立以來，以實行民主政治的時間短淺，經驗不足，認識不夠，乃意料中事，是以議會的貢獻固多，而本身的弱點，亦常有暴露，固不僅以此次為然也。總之，議會政治，自實行以來，是瑕瑜互見的。民主政治的好處之一，厥為凡事公開，無所謂隱密。

因此，議會的弱點暴露出來，毋寧說這是一個強者之所為，然弱點之暴露，倘無自律以濟之，殆難轉弱為強，亦足以為病。

自律之在議員，是非常重要的。因為他們在社會上、在政治上的地位都很高，不僅說沒有人「管」，即個人德性有虧，行為有失，職守有缺，彰彰在人耳目，也沒有人願意犯顏強諫，痛下針砭，自討沒趣。倘如他們在無人管、也無人勸的孤立狀態中，還聽見一些逆耳之言，用供自反的話，如今就只剩下來自不識時務的輿論了。然而，輿論他們儘可以不理，所以輿論一直追隨著他們，他們不開會還是不開會。今因自覺，幡然改圖，發而為自律，必能得到自尊自重的嘉實，同時給予全省同胞以最大的安慰。

自律的重要，不限於議員。此為對人處己的鐵則，凡是獨立自尊的公民，都該以自律為事，始能潔身自好，勉作一個現代的國民。使我們傷心的一點，便是有學問有道德的學人，用國家的錢，代表國家出席國際學術會議，竟利用這個機會，脫身去為子女主持婚事，去尋幽探勝，而置重大責任於不顧，騰笑國際。如此事例，我們益覺自律之不可或缺。議員自律，願人人有志一同，痛自反省，也能自律！

五十年九月二十七日

選擇

買一籃水果回來，個個都是經過選擇的，吃的時候，還要再加選擇，直至最後一個，選擇才告終止。

這是一件小事，然小足以喻大，擴而充之，人的一生，可以說是一個選擇的過程。讀書要選學校，交遊要擇朋友，乃至出處進退，莫不與「良禽擇木而棲，忠臣擇主而事」一樣，必須有所選擇，人人盡在選人與備選的兩種情境中翻騰，人事的關係便複雜起來。

處於這樣的環境中，較好的方式，便是砥礪品學，培養技能，把自己磨鍊得光采些，具備一些備選的條件，俾一旦時機到來，有被選上的可能；同時在充實自己的時候，也有一些見地，足充選擇的資本。或許有人不以此話為然，舉個淺近的例子說，男婚女嫁，很費思量，就是要經過選擇，直至選人的條件與備選的條件相合，至少相近，才有「鐘鼓樂之」的可能。

選擇的目的，在挑出萬品中之最好的，和我們在水果中要挑選肥大的鮮豔的，抱著相同的心理。選擇水果，而帶回家的，不一定全是好的，則不僅我們在選擇時有疏忽，或者選擇的能力也有問題吧。所以俗話說：「左選右選，選個雜巴濫眼。」實為經驗的結晶體，說明選擇與反選擇同時存在。在婚姻上，每一個男女，所追求的都是幸福和美滿，佳偶固然很多，怨偶似亦不少，便是反選擇的結果。因此，我們作一項選擇，心理上要有準備，以便日後發現所選擇的種種，並不完全如理想時，承受得住打擊。例如我們親自選出來的議員，即令得到「緊急通知」也不出席會議，致令會議開不成，我們與其對他們失望，不如承認我們的選擇失敗，倒還心安理得。

選擇既是沒有十分把握的事情，又有反選擇在後面扯腿，惟有慎重將事，求其寡悔寡尤；萬一運氣不佳，雖千思萬想，所作的選擇仍然和我們的意願相違，還須追加預算，準備為我們的錯誤支付更多的代價。

世間萬事萬物，相生相剋，好的永遠伴著壞的，美的永遠伴著醜的，所謂選擇，非此即彼，得失各佔一半。有人能夠常作正確的選擇，成功就屬於他，但是，誰有這種把握呢？

五十四年五月一日

論好人

今年的好人好事，選出七十位代表人物，將於十八日齊集臺北，接受各界的表揚。幾年來，好人好事運動推行委員會已表揚的好人好事多達一千四百二十七人，約略計之，在我們的社會中，大約是每千人中便有一位好人好事的代表。由於審查的非常慎重，才使這個數目不大，但我們不能忘記，在我們的社會裡，還有十倍於此的好人好事，值得表揚。正因為事實是如此，好人好事具備後繼的力量，等待著明年的選拔，而增益社會的光榮。

近年以來，報紙競載犯罪新聞，三分事實，七分渲染，弄得關懷世道人心的人，悲嘆不已，一若已置身於世紀末，靜候最後的裁判。其實，犯罪是人類的病態，無論什麼時代，無論什麼社會，都是不能避免的。而大多數人每當面對血染的新聞，污穢的報導，醜惡的揭發，沒有喪失信心，便是透過了那個陰暗面，看清了這個光明面，兩相比觀，到底浮雲掩蔽不了白日，我們活下去，才有意義。

生當亂世，難免要和一些被時代洪流所沖刷下來的渣滓接觸，意志不堅定，識力不深沉者，往往與世沉浮，希圖苟全。殊不知這個時代，正需要許多特立獨行之士，作社會的中流砥柱，力挽狂瀾，使日趨下游的世風，至此一變。所以好人好事的表揚，有如向濁水投下的明礬，會起澄清的作用。好人好事的範圍，逐年推廣，人數大增，遍及各地區，各階層，在鞏固社會的基礎上，自有很大的貢獻。

人的生存，只在為己，這純全是動物的境界；一旦成了好人，經過長時期的人格的修養，行為的歷練，他的生存，是為了一大群。一群不得活的人，因他的悲天憫人的善心而得活，他的生命也就愈顯得光輝。此可於受表揚的兩位國際友人的行徑中見之。她們幾十年下來，殘廢兒童和孤兒，賴以生活者近千人；山地同胞的生活，亦因以改進。別謂這不足道，倘如我們一生，沒有救助過一個孤兒，就知道孫理蓮的行為是如何了不起；我們沒有到過山胞的村落，就知道和為貴走遍每一個山胞村落，協助山胞改善環境衛生，是如何不易！

做大好人，行大好事，或非人人所能辦，那麼，我們無妨降格以求，就勉力做個小好人，行行小好事吧！

五十一年十二月八日

好人出頭

表揚好人好事運動，從今天起，在本省二十二縣市局和金馬前線，分別舉行；公路、鐵路、郵政、電信等單位，亦將分別表揚他們那個單位的好人好事。行見好人出頭，世風為之丕變，人心為之振奮，其影響固不限於一時一地也。

本報對於表揚好人好事，一向重視，去年更闢「十步芳草」的專欄，以照片表彰好人，以文字褒揚好事，幾乎每天都有報導。但我們相信，一年來經本報發掘的，五年來經全國各界表揚好人好事運動會所表揚的，在好人好事中，僅為一小部分，而有待發掘與表揚者，還多得很。或人不察，偶有微詞，認為社會上可以報導的事太多，何必堅持好人好事的標準？但是，我們要問：倘如我們放棄這個標準不堅持，我們有什麼可堅持的呢？

一座房屋的穩定，全靠地基的穩固；一個社會的安全，全仗好人的支持。社會上有好人做好事，才能使我們雖然耳聞目見一些悖情悖理的行為，不致動搖一心向善的信念。我們只要宅心忠厚，行事正大，即令是一事之善，一言之美，必有出頭之日。社會的安定繁榮，實與好人好事相表裡——這就是我們的信念所由生的起點，我們每個人都會拿出樂觀奮鬥的精神來，勇往直前地幹下去！

好人好事的表揚，雖僅推行五年，歷史短淺，卻與我國的傳統精神相符合。從前的好人，對國家、社會、人群有貢獻者，人們會自動自發地為他們塑像立廟，永垂後世；推廣此意，連一個守貞盡節的婦女，也受到「旌表」，同時在當道的地方為她建立貞節牌坊，大事表揚。這種作法，封建意味太濃，自然不合時代精神，卻可看出從前對於好人好事，是何等重視，而今日之所行，特繼承其流風餘緒復擴而大之而已。

做好人是做人的天職，做好事是做事的本分。所以真正的好人，做了真正的好事，只希望在盡職安分之餘，求一個心安理得，並不一定想人家知道。這種人是很多的，那些受表揚的好人好事，不過是他們的代表，是他們的「選樣」。由於他們的存在，我們生活在這個社會上，都覺得非常光彩！

五十一年十一月十二日

榜首們

本年高等、普通考試放榜，錄取了六百二十八人。錄取人數佔報考人數的百分比，高考為百分之五，普考為百分之四・二三，平均每二十人或二十五人取一人，可見考戰激烈，求勝不易，而實學真才從此中脫穎而出，乃更覺可喜可賀。

每次考試，榮譽屬於全體勝利者，榜首們更是榮譽之光所叢集的焦點。勝利者如果是一頂皇冠，他們就是皇冠上的寶石。寶石之為寶石，不知要經過多少功夫的琢磨，而後玲瓏透剔，光彩四射。世間每一個成功者，各有一篇奮鬥史，由考試出身的人，要在若干人中選拔一個，更無一分僥倖。

讀榜首們的生活寫照，我們知道他們，除了家庭環境，師友鼓勵之外，便是他們都好學，不僅在校是成績優異的好學生，入社會服務，還繼續鑽研，十年不斷。這和有些人的應考，只是心血來潮，作為一個「臨時動議」者，大異其趣。平日不摸書本，臨考之前，還捨不得花錢買書來看，幸而借得一本兩本，不管合不合時代的需要，合不合自己的程度，就囫圇吞棗一般，往肚子裡填。讀時強記，不問心得；考時自然難望因題制宜，做出滿意的答案。試問以長期的準備，來應付考試，和臨渴掘井式的虛應故事，孰優孰劣，立即可以分判。

我曾鼓勵一個青年，以考取普考為目標，致力於進修。我相信社會上有千千萬萬的青年，都在求長進，但他們不一定有目標，閱讀的範圍，可能很廣，精力分散，幾年下來，不易見成效。如果準備參加考試，其項目有一定，閱讀的範圍即可加以限制；而到了一定期間，走進考場，與同等程度的一大群人比賽，不僅增加閱歷，也可鍛鍊膽量，而更重要的，是自己的進修，到底是否銀樣蠟槍頭，經過一場真槍真刀的考試，立刻試探得出來。縱然失敗，也含有成功的因素，因為畢竟讀了許多，以此為基礎，再往前進，下一次再考，那就不單有希望，而且有把握了。

榜首們固然可羨，但可羨的不在他們的榮譽，而在他們的實學。寄語榜上無名的朋友，倘如你要捲土重來，今天就要作準備！

五十一年十一月二十四日

年終報告

日曆只剩最後一張掛在牆上，該是我們作年終報告的時候了。我們雖說每天在報社工作，實則是在為讀者服務，所以我們應該向讀者諸君報告。

今年值得一提的事情，共有三件，簡述如下：

五月四日文藝節，《中副選集》第一輯出版，當即引起良好的反響，所以半年以來，時常在翻印中，而使這本書的暢銷，勝過第一流的雜誌；十二月二十四日，《中副選集》第二輯出版，為便利讀者計，在設計上我們使第一輯和第二輯，可以分訂，也可以合訂，而合訂比分訂的折扣更大，俾四十一位作者的精心之作，都能比翼齊飛，投入許多愛護它們的人家。事實證明這個服務是適合讀者的需要的，自新書出版以來，不過一週，兩輯預約，超過了一千五百本。

《中副選集》，有人說是文中之文，選中之選。按之實際，也的確符合事實。本刊有如許投稿人，投稿人中有如許健者，他們的作品，初見於副刊，予人以難忘的印象；有的再見於選集，更耐細嚼與回味。一篇作品，滿足一天的需要，比較容易，如果想在讀者冷靜的時候，用分析的眼光，讀一篇他或她讀過的作品，仍能點頭稱是，那就困難多了。現在的事實，說明選集的出版，正與讀者的需要相合，自然加強了我們繼續服務的信心。

另一件事，也發生在五月內，此即自覺運動的掀起。自覺運動種種，半年來，說的人很多，現在又有推行委員會的組織，負責推行，這裡只想順便提一句：假如自覺運動能夠提前一個月，使它在掀起之後，邁開學期考試，邁開三個月的暑假，今天的推行，也許比較更容易些。我們自始認定，這是一個極其有意義的運動，不管怎樣，我們都要支持到底！

第三件是從八月四日開始的，就是「家庭問題」的增闢，引起了若干婦女讀者的興趣，參加了寫作的行列。寫作的題材，就在家裡，刻劃的人物，就是家人，而好的組合足以使平凡的題材和人物，在短短的作品中，活龍活現，別是一番身手，明年開始，該有更多的人來耍筆桿子吧！

五十二年十二月三十一日

選集的回顧

「選集希望成為一系列的集子，第一輯出版之後，另有再印第二輯、第三輯……的安排。」

兩年前在《中副選集》第一輯的〈編後〉裡說這句話時，還只是一個希望，現在第四輯出版，希望已變成事實，而且的確是一系列的，當能取信於讀者，在這個基礎上，支持我們作長期的發展。

由第一輯到第四輯，中間相隔兩年零一個月，平均每半年出書一本，無論從中副所能提供的作品，以及讀者所能負擔的經濟能力，似乎都饒有餘裕。若不是這樣，則選擇不能從嚴，負擔亦嫌稍重。特別是一系列的選集，有了第一輯，就想第二輯，有了第二輯，更想第三輯……會產生一種「求全」的心理，便不能不聯帶考慮到出版之外的許多問題。任何一本書，不為讀者設想，將無前途可言。

第四輯，原擬限於五十三年內的作品，後來因恐時間的沉澱，生出「滄海遺珠」的缺憾，編者不敢偷懶，乃向五十二年延伸過去，五十四年延展過來，使備選的作品，數量增加，也許更能保持選集的標準。

綜觀四本選集，除了有一位作者，前後選了她兩篇作品而外，其餘七十八人，都是一人一篇。這些作者，無論是老牌教授或初露頭角的年輕人，沒有一個例外。這點，足以說明中央副刊，一方面尊重老作家，一方面歡迎新作家，只要作品夠分量，可以在中央副刊上發表，也可以再進一步，名列選集。四本選集，有七十九個不同的姓名，或者可以打破那些不必要的傳聞——中副只用少數幾個人的文章吧！

選集是中副的擴大與延長，由大張的活頁變為小本的集子，閱讀與蒐藏，皆稱方便。因而它面對著永恆性，必須經得起時間之流的沖刷，在書海裡，才立得住腳跟。這一體認，使我在選擇時，如置身驚濤駭浪中，懷著戒慎恐懼的心理，既怕錯選，又怕漏選，熬了幾個通宵，費了幾許心思，左右不討好。今工作雖告完成，而對工作成績，不敢自信，尤不敢自是，我所能說的一句話，只是盡心焉爾已。

五十四年六月二日

趣譚滿天飛

趣譚繫人心意，已成大家的寵物。從前，打開副刊，最先看方塊；今天情形變了，最先是看趣譚。方塊和趣譚，佔字少之利，易為忙碌中人所接受，而在這一點上，趣譚比方塊更簡短，更鮮活，更變化多端，自然後來居上。

趣譚的命脈在趣，而所謂趣，是智慧的閃現，是生機的流露，是穴道的點中，是和當下的情景血肉相連的。為文如果有靈感，則趣譚所得者獨多。再說趣譚的表現手法，和笑話一樣，簡直是一篇具體而微的小說，每一個字、每一句話都負有堆砌高潮的任務，但不能著痕跡，一直堆砌下去，到了最後，一聲爆笑，一了百了，功德圓滿。

「野火燒不盡，春風吹又生」，趣譚正是這種情形。我所知道的笑話，至今仍然流傳人間的，有明朝的老笑話，不翼而飛已達數百年之久，看樣子還要繼續流傳。這說明趣譚這一類打哈哈的即興之作，縱的傳得久，橫的傳得遠也傳得快，就像野火一般，不發則已，一發則難以收拾。中副的趣譚，自開始見報以來，不過半年，經《讀者文摘》要求同意轉載的有四則，經其他雜誌轉載而未辦任何手續的，更不知凡幾。這種或明或暗的轉載，僅限於文字，流傳還不太廣；有些趣譚，早晨見報，晚間的宴會上就引為笑樂，那才傳得更廣更快，無異予新生的趣譚一塊「長命百歲」的金牌。

說到這裡，我也不能為中副諱言。由於趣譚以各種方式流傳，撰述人一時高興，不一定是存心抄襲，把舊的趣譚寄來了；我自以為讀了不少笑話和趣譚，但不能盡讀天下的笑話和趣譚，抄襲與創作，不免有撲朔迷離之苦，也在有意無意間，對舊的趣譚加以轉載，因而遭受指責。對此，我們沒有表示，因為我們不敢保證將來一定不會再犯。而且，趣譚為物，愈是有趣，愈是飛得又快又遠；流傳得又快又廣，似乎對趣譚是最大的鼓勵。趣譚趣譚，要談才有趣嘛，又何必認真呢？

「春風吹又生」是趣譚的第二個特徵。趣譚從開始起，沒有登徵文啟事，只是脫脫灑灑地把它登出來，使大家有觀摩的機會，以文引文，就這樣哄抬起來了，無論國內國外，都有普遍的響應，稿子源源而來，投的都是贊成票。最近我更發現，我們的女同胞也熱愛趣譚，一反以前的保留態度，脫穎而出，用幽默的口吻，開起玩笑來，我們對她們應該另眼相看。

六十八年七月二日

趣從何來？

選趣譚第二輯既竟，已讀完五百個趣譚；因選舊的趣譚，新來的生客不免冷落一旁，所以這邊告一段落，立刻倒回頭，把趣譚的原稿，一大捲一大捲，統進大紙袋，擠得滿滿的、緊緊的，抱回家來，準備加班趕讀，手都抱瘦痛了，心裡卻充滿了豐收的喜悅。

幾天下來，舊的加上新的，不覺讀了千把個趣譚，時常心問口、口問心：趣譚趣譚，到底趣從何來？若不能求得恰當的答案，即不能提出一個標準；那麼，憑什麼汰弱留強，維持其高度的閱讀率於不墜呢？

趣是「逗」出來的，所謂逗趣，就是故意和人家為難，逼迫他說出不該說的話來，引以為笑樂。我們有句家鄉話：「逗狗咬人，逗細娃啐人」，已道出「逗」的三昧。老年人喜歡小孩子，往往逗他們，說些「童言無忌」的話，幼稚得可笑，天真得可笑，也錯誤得可笑，所以「趣譚」的來稿，很多都是記錄兒童之言的。

「逗」的另一方面是「鬥」，如機智問答，乃一種挑戰的行為，陷人於兩難之中，左右不好做人。老外交家施肇基，在駐美大使任內，有一次作客，大庭廣坐中，有中國小姐，也有美國小姐。有人問施大使：「你到底愛中國小姐？還是愛美國小姐？」這個問題，難以作答，因為施氏如果說：「我愛中國小姐」，將置美國小姐於難堪的地步；但如果他說：「我愛美國小姐」，不僅使中國小姐臉上無光，也失自己大使的立場。施大使不愧為外交家，他當時改變一個觀點，易主動為被動，他得體地說：「中國小姐也好，美國小姐也好，她們之中誰愛我，我就愛誰！」結果贏得滿堂采。

平時朋友們在一起抬槓，就是鬥嘴。如果從訓練口才，磨練機智著眼，這是一種非常有用的練習。趣譚趣譚，到底是用嘴談出來的，談出來大家聽了有趣才寫出來，讓大家看看。大家談的時候好笑，寫出來不一定好笑，又是為什麼呢？原因是談的時候，有當下那種氣氛的烘托，來龍去脈的背景，樣樣具備，可笑可樂的諸般因子，皆已成熟，譬如一灘汽油，火柴一點就著；若筆錄下來，照顧得不周到，安排得不嚴密，讀「趣譚」者又換了一批毫不相干的陌生人，非十分好笑不會笑，十分可樂不會樂。趣譚之難以討好在此。更重要的，無論「逗」或者「鬥」，都要歸於自然，一個妙趣橫生的趣譚，都是「文章本天成，妙手偶得之」的。

六十九年六月十日

趣譚舉證

趁編第四輯之便，重溫往日的趣譚。在反芻回味中，想起坊間有一種新現象，值得一提。我時常逛書店，大袋小包買了不少，發見若干書的名稱，「趣譚」二字已湊上一角，和「笑話」與「幽默」鼎足而三，另外其他的書，逕以「趣譚」為名，或以此為號召者，亦所在多有。

「笑話」是我們固有的，「幽默」乃西洋貨色，增附在「笑話」上，遂令這方面的發展，在量上擴大一圈，在質上晉升一等，到了今天，由於「趣譚」的兼容並包，融滙貫通，合古今中外而為一，活活潑潑的，輕輕鬆鬆的，自自然然的，充實而光輝，俗不傷雅，亦莊亦諧，可愛可親，人人能接受，能欣賞，能提供，造成心靈上一片愉悅，真正是一種集體智慧的表現。

中國古籍裡面，很少笑話，卻不乏幽默。如果強作解人，似乎可以說，笑話是幽默的成品，幽默是笑話的素材，而趣譚與二者之間，保持著若即若離的關係，有時是笑話，有時是幽默，但有的時候，某些趣譚是笑話和幽默所不能含蓋的。試讀《世說新語》：

顧長康噉甘蔗，先食尾，人問所以，云「漸至佳境。」

顯然，這不是幽默，頂多只有一點幽默的意味，更不是笑話，但舉而納諸趣譚之中，則如稱身合體的天衣，恰恰好，豈不誠奇怪哉！

「噉甘蔗」這一則，見於《世說新語》的〈排調〉——排調者，戲嘲也，揭穿了就是我們今天的趣譚。不信，試讀：

孫子荊年少時欲隱，語王武子，當「枕石漱流」，誤曰「漱石枕流」。王曰：「流可枕、石可漱乎?」孫曰：「所以枕流，欲洗其耳，所以漱石，欲礪其齒。」

這是說錯了話，措辭顛倒，被人抓住小辮子，猶欲強辯的一例，雖為他急切之下，表現的捷才，仍然饒有理致，列入趣譚，實為上品。試再讀：

元帝皇子生，普賜群臣，殷洪喬謝曰：「皇子誕育，普天同慶，臣無勳焉，而猥須厚賚！」中宗笑曰：「此事豈可使卿有勳邪？」

看了這一則，可知「禮多人不怪」，並非真理。蔡維屏先生與朋友在洗手間相遇，朋友說：「蔡公，你這樣忙，上廁所還要親自來呀！」正和殷洪喬在廟堂之上的官式禮數，如出一轍，實在叫人哭笑不得。魏晉人尚清談，自天子以至於庶人，由生皇子到噉甘蔗，其見於生活者，皆可發為趣譚，而《世說新語》之成為不朽名著，究其底蘊，不過是一個「趣」字流注其間而已。

七十二年十二月八日

榨出趣譚的油水

平日對於「對不住」和「對不起」，我們一向都混用，並不覺得有什麼差異。現在我講幾個小故事，用來說明，除了這個「對不起」、「對不住」的例子之外，還有些什麼樣的趣譚，由這幾個例子，便可以看出中國文字的奧妙，實在不可思議。

故事一

抗戰初期，四川省主席劉湘死後，《厚黑學》作者厚黑教主李宗吾，做了一副輓聯——

劉主席千古

中華民國萬歲

掛在靈堂上，他本人則站在輓聯旁邊候教。弔唁者有人發現對聯不對勁，就請教他：「李先生，你這副對聯，『劉主席千古』是五個字，『中華民國萬歲』是六個字，怎樣對得起啊？」

「教主」應聲說：「咦！劉主席是對不起中華民國嘛，劉主席是對不起中華民國嘛！」

故事二

提到劉主席，我想起他的么叔劉文輝一則趣譚，現在打鐵趁熱，順便在這裡插播一下，也滿有意思。

劉文輝當西康省主席時，他的大嫂娶媳婦，覺得自己的丈夫，地位不夠高，名氣不夠大，硬要和么叔聯名發喜柬。成都人聞之，視為天大奇聞，有人觸發靈感，即景生情，做了一副對聯：

大嫂有心當太太
么叔差點做公公

上聯的「大」、「心」、「太」，下聯的「么」、「點」、「公」，尤其是「大太」、「么公」的分合，一丁一點，表現在字面上的，已夠巧妙了；而大嫂的虛榮心作怪，不顧叔嫂的名分，以及么叔的情不得已，只一個「差」字便把那種熱辣辣的諷刺意味，委婉曲折地渲洩無遺，叫人不能不佩服四川人的幽默天才。

故事三

言歸正傳，現在繼續講「對不住」的來由。

一排士兵，大熱天打野外，累得渾身是汗，同在一個池塘洗澡。大家抹了肥皂，全身滑溜溜的，正洗到興頭上，人多池小，一個不小心，後面的人，命根子碰著前面弟兄的屁股，連忙道歉說：「對不住，對不住！」

被碰的人大怒，回頭大聲說：「對不住，對不住！」又兇巴巴瞪一眼，加重說：「媽的，要是對得住，那還得了哇！」

酒席筵前，我講這則趣譚，愉娛嘉賓，引得舉座譁然。一位後到的客人，見大家春風滿面，還蕩漾著笑意，因問有什麼好笑的；遂由一人覆述，情節的發展都說對了，只是末尾，他把「對不住」改說成「對不起」，差了一個字，大家異口同聲地糾正他，說：「這個地方要『對不住』才對路，不能『對不起』！」於是大家又笑一回。

故事四

由打野外，又聯想起一個嚴肅的場面，寫出來會令人感覺冒犯，也算是對趣譚的貢獻吧！

中美斷交，大廳裡面的中美官員，正在熱烈討論 Government to Government（政府對政府）、People to People（人民對人民），大廳外的新聞記者，急於想知道裡面談話的內容，苦於不得其門而入，剛好有一位工友提著茶壺出來，大家一齊圍上去，問長問短。工友說：「他們都說英文，我不懂，只聽見兩句，說什麼：『肛門對肛門』，『屁股對屁股』。」

為這則趣譚，適在中美斷交的節骨眼上發表，我吃了警告，也無怨無尤。因為我知道，遠在晉代，廟堂之上，君臣之間，有過所謂「排調」、「嘲戲」，亦即中國式的笑談和幽默，現在且看我抄一則供大家欣賞。

元帝皇子生，普賜群臣。殷洪喬謝曰：「皇子誕育，普天同慶，臣無勳焉，而猥頒厚賜。」中宗笑曰：「此事豈可使卿有勳邪？」（《世說新語・排調》）元帝也滿幽默的。

故事五

笑談總不免涉及性和性器官，縱在學府，亦所不免。

某女士在美國教美國人的中文，中秋節快到了，她鼓勵學生，發揮創造力，完全用中文，按照中國規矩，把校園布置起來，共度佳節。三五月明，她欣然來到校園，所有布置，盡如人意，後來她上一號，發現一個問題，使她啼笑皆非。

原來她這批美國孩子，沒教她們寫「盥洗室」、「洗手間」、「廁所」之類的東西，因此，學生們標示前往女廁所的指示牌是用一句話說明。這位老師來到校園後面，發現廁所對面的牆上，畫著一個大箭頭，直指女廁所在，箭頭上面寫著九個大字：

由此直入女子小便處

故事六

從前男女社交不公開，男生往女校訪友，照例要填會客單。會客單上要填的，除姓名、住址之外，還有「關係」一欄，親戚、朋友、同鄉，任擇其一都行。一個初出茅廬的男生，不知這一套，填到「關係」時，傷透了腦筋，不知填什麼才好。東想西想，想歪了，才想出四個字填上去。管理員一看，在「關係」之下，赫然寫的是：「尚未發生」。

●●●

蘇東坡說：「詩以奇為宗，反常合道曰趣。」趣譚介乎詩與幽默之間，有奇也有趣，有文也有藝，本質上是詩的，有著「謎」的外形，「謎底」像霧中芍藥，具有朦朧的美，楚楚動人。聰明人做聰明事，那是「合道」，不足為奇；聰明人想做聰明事，而結果適得其反，這叫做「反常」，這就構成「趣」的條件了。

世界上，誰不是都在吹毛求疵，找人家的毛病，而自己卻鬧了笑話呢？人生，從「趣」譚的角度看去，不過是笑笑人家，同時讓人家笑笑而已，豈有他哉！

三民叢刊

精選好書

（本局另備有「三民叢刊」之完整目錄，歡迎索取）

19 **學生時代**（經典重刻）　　薩孟武　著

本書是政治學者薩孟武先生，自童年至大學每一求學階段的回憶紀錄。他帶領讀者進入另一個世紀更迭，改朝換代的場景。從舊式家塾、公立學堂到赴日留洋，作者以一位學子的觀察與心聲，留下屬於那個年代的閱歷與足跡。

20 **中年時代**（經典重刻）　　薩孟武　著

薩孟武先生在《學生時代》之後，繼續回憶記錄他中年生活的點滴。當年他學成歸國後，因職務需要和戰亂爆發，於是他從上海到南京，再從南京到重慶，於輾轉流徙間，以政治學家的角度，將所見所聞貼切地道出。讀本書，我們看到的不僅是作者個人對中年時光的追憶，更看到一個動盪不安的時代。

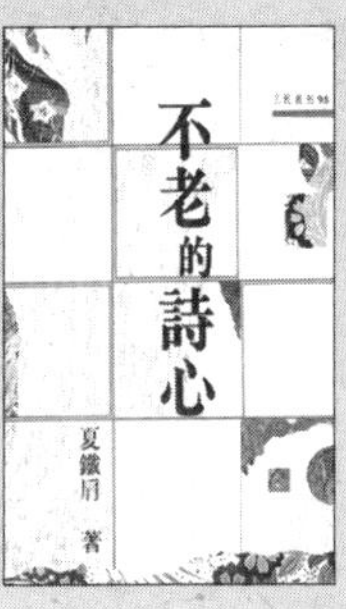

95 **不老的詩心**　　夏鐵肩　著

從神州戎馬的少壯，到含飴弄孫的晚年，作者對文藝的愛好始終如一。本書蒐集作者各類作品，體裁雖不一，然均卓然成一家之言。詩心不老，正是最佳印證。

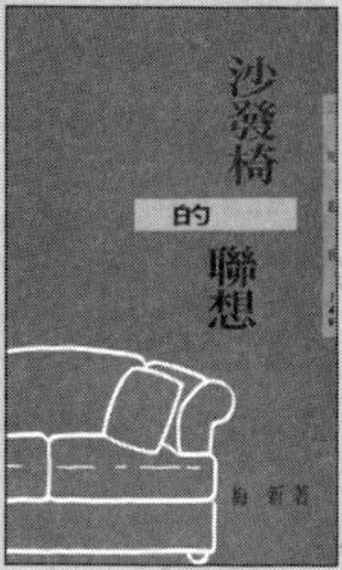

149　沙發椅的聯想

梅新　著

資深名家的深入報導，個人苦學的記述，積累多年經驗所述的詩論，對年輕詩人的期許，在在顯現了作者永遠天真的詩心。

163　說故事的人

彭歌　著

因為寫小說是一種入世的事業，優秀的小說家，不能缺少「說故事」的本能。本書作者舉名家為例，認為文字創作不可媚俗阿世，但亦不宜完全忽視讀者的反應，頗具獨到見地。

274　忘憂草

莊信正　著

《忘憂草》是一本談縱古今，論橫中外的雜文萃集。內容主要是一些中西著名文人大家的逸聞軼事，和中西歷史、文學上的故事與傳說。有的耳熟能詳，有的鮮為人知，卻同樣令人讀之而忘憂。

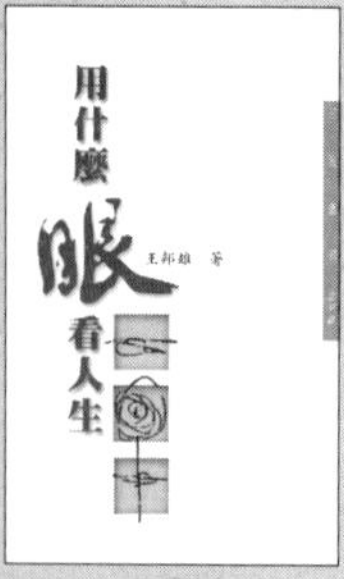

290　用什麼眼看人生

王邦雄　著

人生多變，個中滋味如何，端看你用什麼眼光去看待。或冷眼旁觀，或熱眼對望，或用肉眼看表態，或用心眼看真實，總會有種種不同的體會與感念。且讓學養俱佳的王邦雄教授，帶你張開大眼，在傳世經典與日常生活間自在出入，細看人生。

國家圖書館出版品預行編目資料

墨趣集／孫如陵著.－－修訂二版一刷.－－臺北市：三民，2005
面；　公分.－－(三民叢刊:94)

ISBN 957-14-4178-3 (平裝)

856.9　　93022915

網路書店位址　http://www.sanmin.com.tw

 墨　趣　集

著作人　孫如陵
發行人　劉振強
著作財產權人　三民書局股份有限公司
臺北市復興北路386號
發行所　三民書局股份有限公司
地址／臺北市復興北路386號
電話／(02)25006600
郵撥／0009998-5
印刷所　三民書局股份有限公司
門市部　復北店／臺北市復興北路386號
重南店／臺北市重慶南路一段61號
初版一刷　1969年9月
初版三刷　1974年12月
修訂二版一刷　2005年1月
編　號　S 850790
基本定價　參元貳角
行政院新聞局登記證局版臺業字第〇二〇〇號

ISBN 957-14-4178-3 (平裝)